今も時だ・ブリキの北回帰線

Wahei TAteMatSu

立松和平

P+D BOOKS
小学館

目次

今も時だ

遠く騒ぎがわきたち、笛の音もかすかに聞えるような気がした。風はやんだかと思うとまた吹き、銀杏《いちょう》の葉を光の中にゆらめかせていた。約束の時間より三十分も遅れていたが、ぼくはあわてようという気持にはなれず、一歩一歩ゆっくり踏みしめるごとに自分の身体に言いきかせていた。もう健康なんだ。何だってやれるさ。アスファルトがやけにまぶしく、足の裏がこちよく火照《ほて》っている。こんな時間にであるくなんて、ずいぶんとひさしぶりだ。額からわきでた汗が鼻をかすめてきつくむすんだ口をとおり、焼けついたアスファルトにはじけて消えた。今日のことには、きっと七恵でも反対しただろう。ぼくは汗をぬぐってハンカチをまたポケットにもどしながら、みるみる不安の芽が大きい黒い葉をひろげてくるのを感じるのだった。

であるいたりしちゃあもう責任はもちかねる、と医者は不機嫌そうに聴診器を指にまきつけながら言った。ようやく落着いたばかりで今が大切な時なのだから、安静にしとかなくちゃいかんよ。クレゾールの刺すような臭いを、ぼくは好いていなかった。窓の外で動きをやめた八手の葉が光を照り返して白く見える。いつまでも入院してろとは言わん、と医者はレントゲン写真にむかって指をぐるぐる動かしながらくりかえした。ちょっと外出するなんて言って、あんた、ピアノがひきたいんだろう。これがぼくの肺なのか、とぼくは白くならんだあばら骨の間に大きなかたまりが黒雲のようにひろがっているレントゲン写真に眼をやって思った。片肺なしのぼくよりも、ピアノなしのぼくの方がみじめだろう。自分のことをもっと大切に思えよ、と医者がひくくくりかえした。カナリアがさっきからつづけざまにかん高い声をあげ、時に猫の鳴き声も聞える。カナリアは悲鳴をあげているのだろうか。あとわずか半年の辛抱だ。医者はレントゲン写真をていねいに黒いビニールの袋にしまいこみ、ぼくの顔をのぞくようにして言った。まあいい、一時間で帰ってくるんだぞ。レントゲン写真を袋にいれる時角がちょっと折れるのを、医者は気づかなかったようだ。ぼくは折れた写真が妙に気になっていた。一時間では絶対に帰ってこられやしない。

ぼくが激しく咳込み洗面器一杯の血を喀《は》いた時、七恵は大声で泣きだしてしまい、死なないで死なないで、とただわめいてばかりいた。七恵の声が頭の中でわんわん響き、眼の前がぐるぐるまわるし、あの時は、まったく、この世の終りがきたみたいだった。騒ぎを聞きつけ部屋にとびこんできたアパートの管理人が救急車を呼んでくれなかったら、ぼくはどうなっていたかわからなかったろう。救急車に乗っていくには七恵は落着きをなくしすぎていて、かわりにアパートの管理人がそばにいてくれた。七恵の腹の中にはぼくの子供が手足をまるめちぢこまっていたのだ。ぼくの子供。七恵のあたたかい腹の中でしだいに人間の形をととのえつつあったぼくの不安が……

七恵はいい女だ。ぼくが入院してからの七恵は、みちがえるばかりだった。あなたは心配しなくていいのよ、と本屋の女店員の七恵は音楽の雑誌を二冊ばかり店からくすね病院にもってきて、おだやかに笑いをたたえ言った。わたし、赤ちゃん、いらない。病院にいってきたの。赤ちゃん、おなかの中にもういないのよ。七恵はやさしくぼくの髪にさわっていた。あなたにはピアノしかないんだから、そのことばかり考えて、今は休んでいればいいの。心配いらないわ。夜は喫茶店のウェイトレスもやり、ぼくを見舞いにくるのは、その間のわずかな時間だった。ぼくの枕元にいくらもいないうちに、ウェイトレスの七恵はまた働きにでかけた。わたし、ものすごく働くわ。赤ちゃんなんかいなくても、あなたのために役に立つことによって、わたし、誰にもできない大きな仕事をしているような気になれるの。世界中をしっかり抱きしめているみたいな感じなのよ。

学生会館にきてくれと言われていたが、大学にやってきても同じような建物ばかりで、どれが学生会館なのかよくわからなかった。古びてくすんだ建物の中に、見上げるばかりの真新しいビルがかがやいている。学生たちはかかえきれないほどの本を小脇に抱き、幸福そうに笑いあいながら歩いていく。ぼくと同じくらいの年恰好だ。黒いヘルメットをかぶった学生が、校庭をまっすぐにかけてきた。通りすぎていくのかと思うと、ぼくのすぐ前に立ち人なつこそうな眼をかがやかせてあえぎあえぎぼくの名前を言ったので、ぼくは彼らの中にはさみこまれるようにして学生会館にむかった。

階段の上り口にすわりあたりに眼をくばっていた黒ヘルメットのひとりが、大声をあげながら階上に消えた。いらだたしげに吹きとばすサクスの一小節が、階段を上る途中で聞えた。島田のやつ、待ちくたびれているにちがいない。実《まこと》もいるだろうか。ひさしぶりのトリオの編成だ。ぼくの両手には、まぶしいほど真新しい繃帯《ほうたい》がぐるぐるまきにされていて、ひどく怪我をしたように見えるはずだ。ぼくは両手をたれさげトリオの島田と実に眼で合図を送り、彼らが大きくうなずくのを見とどけると、誰にともなく、どうもどうも、と言った。黒いヘルメットをまぶかにかぶった異様な集団に、ぼくはちょっととりつきがたいものを感じていた。さっきからいっせいに視線を集めている繃帯が、ぼくは気になっていた。

どうしたんですか、その掌、と学生のひとりがヘルメットのへりをつまみあげ、眉に不安げな皺《しわ》をのぞかせて言った。怪我ですか。心配するなよ、とぼくはあたりをぐるぐる見まわし、ひとりいくどもうなずいた。さあ、でかけようか。しかし、それじゃあ……別の学生が顔をくもらせると、ぼくはかすれた笑い声をたて、首を横にふり、ぎこちなくまた笑ってみせた。笑いやめても、顔のこわばりはなかなかとれなかった。そばに立っている島田と実が、唾《つば》をのみこむのが聞えた。

ただ指をまもるためなのだ。ピアノをたたいている時に石がとんできて、指がだめになったら、石にピアノをたたいてもらうというわけにはいかないだろう。それにしても、とにかく大袈裟だ。ぼくは少し気負いすぎている。大学なんて、別にたいしたところじゃない。このままだと指が動かずに、ろくな演奏もできねえぞ。ぼくはわからないようにふたつみっつつづけざまに深呼吸をやり、気をしずめようとした。こんなにしてまでピアノにこだわるのは、今のぼくに最高のもの、丈夫な身体とやさしい気持とを持った七恵のためなのだ。ぼくは七恵の名前を呼びながらピアノをたたきたい。どんなにみっともなくたってかまやしない。

ヘルメットかぶりますか、と床にあおむけにころがっていた黒ヘルメットをみっつつかみ、学生がぼくに声をかけてきた。いらねえよ。ぼくは島田と実を見て、うなずきあった。俺たちは俺たちだ。あんたらとはちがう。

校舎の外壁にびっしりからみついた蔦《つた》の葉は、よわい風にゆらめくたびに光って白く見え、くすんだ校舎はよりいっそう古びて見えた。突然、時計台から間のびした鐘の音があたりいちめんきれぎれに響き渡り、ぼくは思わず身震いをした。

力いっぱい吹き鳴らしすぎてかすれた笛にあわせ、わっしょいと学生たちは声をはりあげていた。三十人ばかりのひとつかみほどのデモ隊だったが、彼らはヘルメットをかぶりタオルで覆面をし頭をつきだして、いきおいよくうねりながらつき進んでいった。デモ隊がさしかかると、幸福そうに本をかかえていた学生はわきによって通りをあけ、舌打ちしたり拍手をしたりした。その後からドラムをセットした木の台を御輿《みこし》のようにかついで四人がつき、ぼくらトリオがつづいていった。

先頭で指揮者は後向きになりデモ隊をおさえひっぱるように動かし、笛を吹きやめず額にうすく浮いた汗をぬぐった。ヘルメットがずりさがってくるので、時々彼は頭に手をやらねばならない。今日はきっとおもしろいことになる。ぼくは島田と実とならんで、ゆっくり歩いていた。デモ隊はもうずいぶんと先に行っている。一生忘れられないようなことになればいい。ぼくは繃帯の手を無理やりポケットにねじこんでいるので、歩きにくい。デモ隊の手にはそれぞれ背よりも高い真新しい角材がおし立てられ、それだけでもあたりの注意をひくに充分だった。デモ隊はわっしょいを声高くくりかえしながら、ガラス張りの真新しい校舎の前に止った。高い窓に太陽が姿をとどめ、見上げたぼくの眼にまぶしく光をつきさした。四段の窓から、白く民同と書かれたあかい旗が犬の舌のようにたれさがっていた。

デモ隊は校舎の入口からそのまま突入するかまえを見せると、すぐ手前で向きをかえ、腰をおとしてスクラムをかたくした。校舎の三階四階五階六階からおびただしく黄色いヘルメットをつけた顔がのぞき、さかんに唾をぺっぺととびちらし、デモ隊にあらんかぎりの悪態を投げつけていた。角材が打ちあたってガラスが一枚くだけたが、わきあがる叫びあいにかき消され、音は聞えてこなかった。上からぱらぱらぱらと牛乳の空壜《あきびん》が投げられ、下のコンクリートにくだけ散った。ぼくは思わず後ずさりしていた。

騒ぎを聞きつけて集まりだした学生たちにいつの間にかまざりこみ、ぼくは騒ぎに眼をむけていた。ドラムをかついでいた学生たちは校舎のまわりをとびまわっていて、ドラムはぼくらの脚元に残されていた。すぐそばのベニヤの立看板には絵具をしたたるほどたっぷり使ったへたな字で、『JAZZによる問いかけ、自己を武器化せよ！　自己の感性の無限の解放！』と書かれてある。何にしろ大袈裟なことだ、とぼくは思い、ややうすよごれてきた繃帯をそっと頬にあててみた。ガーゼのざらざらした感触が、骨ばった頬に残った。ぼくはピアノをたたきにきたんだ。やるんなら、それからにしてくれ。ぼくは病院のクレゾールの臭いを思い出し、しだいにいらだたしくなっていった。

そんなものはすてちまえ、と父は額にあおい筋をふとく浮びあがらせて呶鳴《どな》り、ぼくは驚いてとびのいた。たぶん、小学生になる前の頃だったろう。まっすぐ立っていられないほどにしたたか酔い、父はぼくに酒臭い息をはきかけた。戦争に一度や二度負けたからって、根性まで腐らすことはねえんだ。今、こんなめにあっているがなあ、そういつまでも黙っちゃいねえ。あと十年の辛抱だ。

真夏の暑い日、何かの記念日でにぎやかに進駐軍のパレードがあり、軍楽隊を先頭にしたジープや装甲車の列に手を振り声をあげかけよっていくと、お菓子がもらえるのだった。おびただしい子供たちがとりかこみ手を伸ばし声をからす中を、眼があおく大きなあかい顔の兵隊たちが、ガムをくちゃくちゃやり鼻の穴をふくらませてジープの上から得意げに菓子をまき散らしながら、パレードはずんずん進んでいった。ぼくはもみくしゃにされシャツを少し破きながらも、ガム二個と思いがけず煙草をとることができた。ぼくは息をはずませて家へ走った。

ぼくの父は右脚の膝から下がなかった。満洲でやられたのだ、といくどとなく聞かされたが、ぼくは父の片足をうばった満洲を、まるで御伽国《おとぎのくに》のように考えていた。やたらひろびろとして遠く、冬は息が霧氷になるほどにすべてが凍てつき、父の片足も土の中にこおりついている。だが、満洲から帰ってきた父は、家でメチルを水にうすめて飲みつづけ、眼をやられてしまい、満洲での話をくりかえしくりかえしぼくに聞かせるのだった。黙って聞き時々相槌をはさみこまないと、父はすごい剣幕でぼくにあたり散らした。ぼくは一日中をそんな父とすごした。母は陽がでていくらもしないうちにメリヤスの行商にでかけ、夜もふかまってから帰ってきた。それから食事のしたくをし、洗いものをして繕いものをした。

当時、ぼくはまわりがどういう有様になっているのかよくわからなかった。ただ、父が紙巻き煙草を半分にちぎり、それをていねいに竹パイプにつめほとんど最後まですってしまうのを、見るにしのびない気がしただけだった。メチルを飲みわめき散らしている時の父はこわかったけど、煙草をすい満洲の話をしている時の父は悲しそうなのだ。

ガムを見せると、父はぼくのちいさな手をガムごと激しくたたいた。煙草はあとから見せて、父をよろこばせようと考えていたのだ。ぼくは煙草を床にたたきつけ、くやしさの涙でよく見えなくなっていた。しかし、煙草に眼をやった父が黙りこんだのは、今でもよく覚えている。父のよく見えぬ眼はすぐに煙草をさぐりあてていた。

ぶううんとうなりくるくるまわりながら壜がとんできたので、あわててぼくは身体をかわした。壜は下のコンクリートにぶつかり波のように白く飛沫をまきあげ、砂のようなかけらがぼくの靴にふりそそいだ。何処にかくし持っていたのかデモ隊からもさかんに石が投げられ、壜と石はいくつも放物線をつくって空中でまざりあい、校舎の窓ガラスはみるみるくだけ白く糸を走らせていった。シャツをあかくにじませ、ヘルメットの中から血を流しているものもいる。

黒ヘルメットの数人は入口に積みあげられた机や椅子にとりつき、棒でつきくずしにかかっていた。だが、針金でかたくしばりつけられたバリケードは思うようにくずれず、黄色いヘルメットに空壜や石をさんざん投げつけられて、たまらず彼らはそこを離れた。

あいつらの考えていることときたら、まるでわからないじゃないか、とぼくは彼らのやりとりを遠まきに見て思った。突然、ドラムの実がぼくと島田に手をかしてくれと言った。学生たちが石を投げることに夢中になりドラムをほうっておいたことが、実にはひどく不満らしかった。ぼくと島田と実とで、ドラムを石のとんでこないところに避難させた。楽器をだめにしやがったら、何処の誰であろうとただではおかない、と実はきすてるようにつぶやいた。何故同じような学生同士があれほどまでにいがみあっているのか、ぼくには見当もつかなかったが、どうでもよいことだった。やはり、楽器をこわすのだけは許せない気持なのだ。

ぼくは顔をハンカチでぬぐい、こんこんとかるく咳をすると、島田と実が心配そうに顔をくもらせてぼくの顔をのぞきこんだ。いいや、心配ない。あいつらの考えてることは見当もつかねえが、何かこう、すごみがあるじゃないか。俺たちも、みじめっぽい演奏だけはやめようぜ。護衛つきのコンサートみたくなっちまうからな。

満洲も四月になれば、凍ったかたい雪をもちあげて草の芽が頭をのぞかせてくる。紫色の花をつけた迎春花《いんちようほわ》だ。満洲の紅い花は、けしの花。それに、たんぽぽの黄、地平線の先までいちめんの花。兵は北進していく。父は満洲をこんなふうにも言った。しかし、満洲の紅い花とは、父の片脚の切り口ではなかったのか。父は松葉杖をひいて日本に帰り、メチルで見えなくなった眼で満洲の花のことを色あざやかにぼくに話してきかせた。満洲の紅い花……幼いぼくには、満洲とはしだいに御伽国ではなくなり、夢の凍りついた寒く遠い、この世にはとてもありえない国になっていった。その国に住んでいるはずの父がみじめになっていくほど、ぼくはその考えを強くしていった。父の死は、まるで偶然にでくわしたというような感じだった。早朝に行商にでかけてしまった母が、夜、帰ってから発見したのだ。ぼくには父がどうなったのか、よくわからなかった。ぼくが今になって思い浮べるのは、迎春花、けしの花、たんぽぽの咲きみだれるはてしない満洲をひとり北進するさびしげな兵の後姿なのだ。

母が死んだのは、ぼくが中学校にまだかよっているうちだった。過労のため結核になり一年ほど寝こんで、母は骨がうきでるほどに痩《や》せさらばえちいさくちぢこまって死んだ。母の寝こんだ一年間は、大きな風呂敷包みをかついでぼくは行商してあるいたのだ。死んだ母を、ぼくはどうしていいか見当もつかなかった。ぼくは二日間、じっとすわって母を見ていた。十五歳のぼくはひとりこの世にとり残された気がして、声をださずにひっそりと泣いた。市役所の助けでどうにか葬式はすませた。無賃乗車を発見されたのは、上野駅にもうすぐのところだった。ぼくは公安室につれていかれる途中、ちょっとした隙を見つけ人混みにまぎれた。あれからもう八年にもなる。ぼくは母のことを思い出すたびごとに、胸の奥がちくちく痛むのだ。あの時、ぼくは何もゆっくり考えられなかった。

逃げだしてはみたものの、ぼくには行く場所がないのだった。やたら人がいっぱいで、何となく何でもできそうな自由な気がしたが、腹がすいてくるうえに金の持ちあわせがなく、どうしたらいいかわからなかった。公園のベンチにすわりこみ、でたりはいったりする汽車をながめていると、これから先この土地で自分がやっていけるかどうか、ひどく不安になってくるのだった。やい、ぼうず、食え、と突然声をかけてきた男が弁当をくれなかったら、ぼくはこっそりまた下りの汽車に乗りこんでいたかもしれなかった。暗がりで息もつかず夢中で食べたのでよく見るひまはなかったが、ごみくず籠にある弁当の食いちらかしをよせあつめたものだった。ボロを着こんだ男はよごれかさばった掌をぼくの肩にのせ、満足げにうなずいた。ちくしょう、あれは、今までで、いっとういい思い出だ。

おたがいになげあうものがなくなったのか、あたりはひとしきりおだやかになり、黒ヘルメットは隊列を組んで遠まきにデモをしていた。デモはまがりくねってうねり、遠のいていったかと思うと、また近づいてバリケードにとりついたりした。そのたびごとに校舎の上から、帰れ帰れ、と怒号が降りそそぎ、下からは、民同粉砕！　と大きく声をあわせやり返していた。そして、空壜の雨。はね上るガラスのかけら。

一日中見慣れぬ街を歩きまわり、ちぎれかけた電柱の貼紙を見つけそこをたずねる気になったのも、ひどい空腹をなんとかしたいと思ったからだった。真昼間、ネオンの消えたナイト・クラブのホールに、うすよごれた少年たちが一列にならび、身体をかたくして面接試験の順番を待っていた。ぼくが銓衡《せんこう》に通ることができたのは、家をでてからまだ日がたっていないので、着ている物がそうひどくは見えなかったからだろう。その夜から、金モールがついた白いつめ襟の糊のききすぎて着ごこちの悪い制服を着こみ、ぼくはきちんとしたボーイだった。舞台の裏の四畳半を三人分の部屋としてあたえられ、仕事中、そこは踊り子たちの楽屋にかわった。そして、ぼくがピアノをいじってみたのも、それからいくらもしない頃だった。

指をみれば、その人がどういう風に生まれついているか、だいたいわかるわ。踊り子のひとりは仕事のすんだ夜中、ぼくを自分の部屋につれてかえり、ぼくの指を一本ずつさわり頬におしあてて言った。土いじりか機械いじりか、それともペンでも持っていた方がいいか、そんなところだけれどね、あんたの指は細くて長くてとびきりきれいだから、そうねえ、ええと、あっ、ピアノよ、絶対にピアノだわ。自分をそんな風に見てくれて、ぼくはたまらなくうれしかった。その夜は、生まれてはじめての世界を手にした。

次の夜中、こっそり店のピアノに毛布をかぶせ、ぼくはそっと鍵盤《けんばん》をたたいてみた。細くて長くてとびきりきれいな指の先から、すんだ音がたち昇った。仕事中たえまなく聞えるピアノに、それからは忙しくたち働きながら耳をそばだてた。聞いているうちに物悲しくなってくるゆっくりしたブルースがほとんどで、ぼくはビールやウィスキーを運びながらリズムをとり、それらの旋律を頭にたたきこんだ。だが、夜中ひとりピアノにむかってみると、細かいところがどうしても思い出せず、なかなか曲にはならなかった。ようやく一曲がものになった時、ぼくは踊り子をたずねた。できることならもう一度店にもどって、ピアノを聞いてもらいたかった。しかし、ドアの隙間から化粧をおとした顔をのぞかせて踊り子は髪をわきたたせ、唾をとばし口ぎたなくわめいたのだった。そんなの、犬にでも聞かせてやりなよ。何やってんだ、さっさとおっぱらっちまえよ、とドアの向う側から汗ばんだような男の声が聞えてきた時、ぼくは表にとびだし、犬のように暗い街を走りぬけた。その夜、ぼくは一晩中力いっぱいピアノをたたいて指をはらし、眠れないとボーイ仲間にどやされた。

俺の音楽はあの時のままだ、とぼくは校舎からはなれだした黒ヘルのデモ隊に従いながらつぶやいた。腹がへり怒りでいっぱいだったあの時が、ぼくは忘れられないでいる。ぼくは指先に、つめたい、だがしだいにあつくなってくる鍵盤の感触を思い出し、まきつけた繃帯をほどきはじめた。なんだって、こんな馬鹿げたことを思いついたんだろう。ひさしぶりにピアノにさわれるので、ちょっとばかり気負いすぎたようだ。繃帯をまきとるごとに風を感じ、指は生きかえっていった。ぼくは繃帯をすっかりとると、まるめて捨てた。指先がふやけて白く皺よっているような気がした。指をにぎりしめのばして鍵盤をたたくまねをしてみると、意外なほど指は思ったとおりに軽く動いた。

デモ隊を先導する指揮者のこめかみからひとすじ血が流れだし、顎を通り襟元にくいこみ、シャツにはみるみる煉瓦色がひろがりにじんでいった。ぼくは血のあかいあざやかさに驚いていた。だが、すぐに血はかわき、黒ずみ皮膚をひきつらせた。血を見たことで、ぼくは奇妙な充足にひたっていた。

　ざわめいているキャンパスをさまざまにうねりながら通りぬけ、黒ヘルはすっかり上気し顔をあからめて講堂にむかっていった。講堂の時計台をふと見上げると、時計の針がぎこちなくぐっと動いた。ぬけるような空の青の中をゆっくり横ぎっていく雲の白を見ていると、時計台は大きくかしぎ今にも倒れかかってくるように感じられた。講堂をまばらにとりかこむ樹々が、葉や枝をこすらせざわめいている。

　表の扉が閉められていたので、ぼくらは裏口にまわらねばならなかった。窓をつき破ってひとりがはいりこむと、内側から扉は簡単に開いた。制服の守衛がとんできたが、ものものしい黒ヘルを見ると、一言も言わずにひきかえしていった。民同粉砕！　とそろえて声をはりあげるとあたりに反響してしばらく語尾が消えず、いよいよ得意になって声を響かせながら黒ヘルたちは講堂の中へとつき進んでいった。急いでとってかえした守衛がスイッチをきったのだろうつぎつぎに電燈が消えていき、あたりは真暗になってしまった。あわてるな、とするどい声がとび、ぼくがポケットからごそごそマッチをさぐりあてていると、素早くそこここにちいさく火が浮びあがった。あたりはぼっと明るみ、ひらべったく猫背気味にデフォルメされたぼくらの影が大きく壁にゆらめいた。

　指をこがしそうになるまでマッチをはなさず、ぼくは黒ヘルたちと肩をよせあいこわごわ奥にすすんでいった。やけに響く靴音が、騒々しく心強い。三人で身体ごとおしつけ重い扉をようやく開けると、そこはピアノの部屋だった。ぼくらはつぎつぎにマッチを燃やし、黒くひかり堂々とおさまっているピアノをとりかこんだ。指をさわらせると、うすくかかったほこりに線が残った。ぼくは学生たちからこのピアノについて、講堂が建てられて以来何十年間一度も外に出たことがない、と聞かされていた。だからこそ、そんな神秘めかした権威の象徴を光の中にひきずりだしてやるんだ、と彼らは口をそろえた。ぼくは立ったままで鍵盤をふたつみったたいてみた。ドラムの実が靴をかたかた床に打ちつけ、リズムをとっている。いいピアノだ、と誰にともなくぼくは言葉をこぼしてみた。

これを外に運びだすのが一仕事だった。脚車が錆《さ》びついてよく動かず、おまけに手さぐりなので、ぼくらの作業はあまりはかどらなかった。ぼくや実や島田が手伝おうとピアノを持ちかけると、かわります、と黒ヘルがすぐにその場所をとってしまうので、ぼくらはただ見ていなければならなかった。黒ヘルはピアノの脚を持ったり下にもぐりこみ背中でおしあげたりして、一歩一歩踏みしめ気を配りすすんでいる様子だったが、壁にこすりつけたり角を打ちあてたりしてしまい、その度毎にはっとして息をつめいっせいにぼくの方に視線をむけるのだった。

こら、どうするつもりなんだ、と不意にキンキン声が響いてきた。その方に眼をこらすと、はるか離れて守衛の影がかすんで見えた。学校の文化財なんだぞ、と後ずさりしながらまた守衛が高く声を上げた。ナンセンス！　と黒ヘルは申しあわせたように声をあわせ、ひとりがうおおおおと叫び靴音をばたばたさせ守衛にむかっていった。守衛の悲鳴が聞えたような気もしたが、暗いしはっきりせず、せわしく遠ざかっていく足音だけが耳に残った。

　思ったよりはるかにいいピアノだったので、ぼくは上機嫌になっていった。もしかすると、今まで使った中でいっとう上等かもしれない。どんなピアノだって弾きこなしてはみせるが、よければよいにこしたことはない。狭い裏口から無理に出ようとして角をかなり傷つけてしまったことが、ぼくには不満だった。つっかえてどうしても通りきらず、横に倒して強引に通りぬけようとしていた黒ヘルたちに、たまりかねてぼくは正面から出た方がいいと言った。何処の誰でもよせつけないように見える黒ヘルたちがすなおに従うことが、どうしてもぼくにはよくわからなかった。

　デモ隊は急にいきいきとしてきたようだ。まぶしい光の中に偶像めいたピアノをひきだした時、黒ヘルたちはうわあと口々に叫んだ。直射日光に照らしだされてもやはりピアノは黒く堂々として、媚《こ》びることをしないように思えた。ピアノを先頭に得意になって顔をほころばせゆっくり進んでいきながら、ぼくは身体の奥底から力がわきあがってくるのを感じていた。こいつらの考えていることがわかりかけてきた。楽しんでやがるんだ。ジャズなんか口実にすぎなくて、コンサートを開くまでのいろんなことを、ひとつひとつ楽しんでいやがるんだ。

　デモ隊は蛇のようにうねったりせず、まっすぐにつき進んでいった。ぼくは病気になって以来はじめて身体がかるいように感じ、拳をつくったり開いたりした。ついこの前まで寝こんでいたなんてことが、まるで嘘のようだ。ふたたびさっきの校舎の前までいきかけると、はるか手前に石や空壜がぱらぱらと投げられた。石があたるなら学生ばかりにあたって、どうかピアノにだけはあたらないでくれ、とぼくは石の雨の中につっこんでいく黒ヘルたちの後姿を見て思った。こんな細い身体つきをしていても、こいつらは結構強いんだ。うまい物を食ってるしなあ。それにひきかえピアノときたら、花弁のように繊細で、ちょっとした衝撃にもすぐに狂っちまう、と思う間もなく、石と壜はしだいにピアノにとどくようになり、がんがん遠慮なくあたりはねかえった。ちくしょう、俺が弾いちまった後でなら、どうしようとかまわねえんだ。

　こんなところにきたのがそもそもの間違いだった、とぼくはいらだたしく思いはじめていた。大学なんて、今まで一度だって関係があったことはないじゃないか。今日ははじめからひどく居心地が悪かった。ぼくは小学六年生の頃のことをふと思い出していた。ぼくの家にはテレビがなかったのだ。まわりの家は次々にテレビを買っていったが、母がひとりメリヤスの行商をしているぼくの家ではとても買う余裕はなく、ぼくは隣に見せてもらいに行った。ぼくの見たい番組はだいたい夕食の頃がほとんどだったので、いつもいたたまれない思いをしなければならなかった。御飯お食べなさい、と隣のおばさんはやさしげに言ってくれるのだったが、ぼくは御飯のことなどあまり言ってもらいたくはなかった。ただそっとテレビだけを見させてくれればいいのだ。だが、ぼくはいつも御飯を食べてきてしまうのだった。そして、帰るときまって母にしかられた。それでも次の日になると、またテレビを見せてもらいにいってしまった。ぼくは思わず顔中に苦笑いをひろげていた。どんなに居心地が悪くても、ぼくはピアノをたたいてきてしまうだろう。

ぼくは先頭にとびだし、ピアノを逆におしもどそうとした。ぼくの腰にかたいものが勢いよくあたり、にぶくこもった音がした。痛くもなかった。実と島田が投石からぼくを護ろうと、ぼくの前に立ちはだかった。ぼくは他所の家のテレビのチャンネルをまわしているような気がした。すると、黒ヘルたちはピアノを校舎から遠ざけはじめたので、もどれもどれ、とすごい剣幕だったぼくはかえって気はずかしくなっていた。いつの間にかぼくの頭には黒ヘルメットがかぶされていたが、ぼくは気づいていないほどだった。黒光りしたピアノをへこませたいくつもの傷に指をさわらせながら、ぼくには音が狂っていないかがただ心配だった。ぼくはヘルメットをとってピアノの上に置いた。

大きなベニヤ板の立看板をピアノにかぶせ、黒ヘルは腰をおとしゅっくりとまたむかっていった。投石はいちだんと激しくなり、石や壜はベニヤにあたってばしっばしっと音をたて、その度毎にぼくは亀のように首をすくめ、いたたまれなくなっていった。もしかしてぼくの演奏がうまくいかなかったとしたら、それはピアノのせいだ。ドラムのそばにぴったりついた実が見えた。島田はサクスのケースを抱きしめている。

裏口にまわると、もう石はとんでこなかった。表のあれだけの堅固さにくらべたら、一応バリケードらしきものはつんであったが、気味悪いほど手うすだった。黒ヘルはあっけなくバリケードをつきくずし、一気に踏みこんでいった。地下の教室につづく連絡口に、蛍光燈がにぶく光をにじませている。誰もいないのを確かめると、民同粉砕！　と黒ヘルはいちだんと声をはりあげながらピアノを運びこみ、ドラムをかつぎこんだ。あまりのあっけなさに、黒ヘルの連中は明らかに不満な様子だった。連中には、何事も起らないのはよいことではないはずだった。ありきたりのおだやかな場所にピアノを持ちこみコンサートを開いたのでは、今までとかわりない。ぼくらトリオのために、連中は連中にとって世界中でこれ以上のものはないと思いこめるような場所をつくりださねばならないのだ。世界中でこれ以上のものはないというような場所でピアノをたたく気はないか、とぼくらは話をもちかけられたはずなのだ。

　音もなく静まりかえった中で、これほど緊張しなければならないとは思ってもみなかった。民同はやってくるはずだ。ぼくらは地下室にすっかりはいりこんでしまった。出口をふさいで、あとでいっぺんに踏みこんでくるつもりか。そして、そんな中でピアノをたたくのが、世界中でこれ以上のものはないというコンサートなのか。しかし、兵糧攻めにでもでてこられたひには、ちょっとこまったことになる。そこまではやつらにつきあいきれたもんじゃない。ぼくはあまりゆったりかまえてはいられなかった。はっきり言って恐い。演奏がはじまれば、いくらかは落着くだろう。

　ぼくは両掌の指を開いて力いっぱい鍵盤にたたきつけた。うろうろ歩きまわっていた黒ヘルたちが息をつめて立ちすくみ、ぼくの方にいっせいに顔をむけ、脚を折りたたみかかえこんでその場にしゃがみこんだ。すぐにサクスが追いすがり、取附けに手間どっていたドラムが少しおくれてすがりついた。最初から全力疾走だ。音はひとかたまりになって壁に反響し、ぼくらをつらぬきとおしてあつくうず巻いていった。こいつは音が大きくていいピアノだ。あんなに石があたってでこぼこになったのに、少しも音は狂っちゃいない。ぼくは何の曲をひいているのか自分でもわからなかった。ただ、身体がひとりでにリズムをとって動きだし、指が鍵盤の上で踊り狂っていた。

ぼくらの前には素晴しい空間が待ちうけているのだ。その中に、ぼくは身体ごとつっこんでいくだろう。学生たちが今までさんざんぼくや島田や実をつきはなしたように、今度はぼくらが思いきりつきはなしてやればいい。時は今だ。とばすぜ、アクセル全開だ。いいか、島田に実、ついてこいよ。俺がちょっとでも油断したなら、かまわず追いぬいてゆけ。だが、俺だって負けちゃいない。ここは俺たちが待ちかねていた場所だ。俺たちの戦場！

北の戦場には迎春花が咲きみだれ、たんぽぽの種子が風にのって落下傘のようにおびただしく黒龍江を越えてゆく。だが、黒龍江を渡河したのはソビエト労農赤軍だった。国境守備隊の壊滅、潰走する無敵関東軍兵士。愛琿街道を一直線に南下する赤軍戦車隊。それでも、満洲の紅い花だけは咲きつづけていた。風にゆれて凍りつくけしの花。帰ってきた父はみじめに死んだ。働きすぎた母も死んだ。たぶん、ぼくらは戦いに死ぬことはないだろう。戦いにおもむくこともないだろう。勝ち負けってのは時の運だ、と酔うと必ず父は言った。今はこんなめにあっているがなあ、そういつまでも黙っちゃいねえ。あと十年の辛抱だ。もう一度やり直して、今度こそ、アメリカもソ連もやっつけてやる。父は戦いに死んだのではなく、メチルを飲みすぎて死んだのだ。

この子はあんたなんかに似ちゃあいないよ、と母はぼくの短く刈りこんだ頭に掌をおいて言い、酒臭い息をはく父をにらみつけた。この子は飲んだくれじゃない。いいかい、この子は歌手になるんだ。その当時地方都市のかたすみで、少年たちは誰でも歌手になりたがり、ほんのちょっとの運さえむいてくれれば、自分にもその機会はまわってくるのだと思いこんでいた。そして、中学校を卒業すると、歌手になるため仮の職を持って家をはなれ、東京へとでていった。みんなと同じようにぼくもするだろう、と小学生のぼくは考えていた。その考えをおそるおそる母に打ちあけると、母はすごく喜んでくれ、その喜び方は、まるでぼくがもう歌手になったかのようだった。ぼくはきっといい星の下に生まれついていて、生まれながらに歌手にむいているのだ。ぼくは、雑誌でしか見たことのない、白いスーツを着てギターを持ちいつでも幸福そうに笑いかけている歌手に、自分のこれからのゆくすえを思いあわせていた。先に東京に行った先輩たちは、雑誌の歌手と同じように白いスーツと赤い革靴に頭をてかてか油でひからせたり、ブルージンと革ジャンパーで恰好よくぴったり身体をおし包んだりして帰ってきた。誰ひとりとして本当の歌手になったものはいなかった。実際のところは、工員だったり店員だったりした。もうちょっとで歌手になれるところだったという彼らの自慢話をくりかえし聞くのが、ぼくには何よりの楽しみだった。そのもうちょっとの機会を自分ならきっとものにするだろう、とぼくは聞きながらいつも思っていた。歌手なんて男のやることじゃない、と父は言い、そのことでいつも母とやりあっていた。だが、言いあいはいつも母が勝ち、結局ぼくは歌手になることになってしまうのだった。

スティックが折れ先がとんできたと思い、ぼくは大きく身体をのけぞらしたが、折れたスティックは実の足元に力なく落ちた。すぐに新しいのとかえ、実はすっかり興奮してドラムからリズムをひきずりだしていた。ぼくらは汗でびっしょりだ。汗が髪の中からわきでて額や鼻をとおり顎の先から床にしたたり落ちる時、キラーッと光が流れる。

気合いのはいった実のすさまじさに、まず島田がおり、ぼくもおりた。実のソロはいよいよ力に満ちあふれつづいていた。世界中のあらゆるものにパンチでむかっていくのだ。今や、実は力と自信に満ちあふれていた。狼のように実は猛然と走りぬける。実は眼を閉じて身体を左右にゆすぶりはじめ、時にヒヤホウとかん高い声をあげた。黒ヘルたちは角材を握りしめたままコンクリートの床に腰を下ろし、うつむき長髪を顔にかぶせたり指の先をリズムにあわせてこきざみに震わせたりしていた。机や椅子はバリケードに使われているのか、ひとつもない。

いつまでも調子づいて鳴りやまないドラムの中に、ぼくは楔《くさび》でも打ちこむように指の先に力をこめて鍵盤をたたき、強引に音をわりこませていった。実ひとりに独走させてたまるか。ぼくは島田に眼で合図を送った。いいか、そう、そこだ、それ！　島田もせわしく音をまき散らして実にいどんでいき、ぼくら三人はひとかたまりになってつき進んでいった。三人はしばらくならんでいたが、やがて、実が落ちてきたところを見はからってぼくがとびだした。

ぼくのピアノはすべてのものをゆり動かしつき破っていく。全力疾走だ。息は乱れない。もう、病気なんかとはおさらばだ。島田がついてきて離れない。サクスは音が大きいが、そんなことでは、ぼくは負けていない。すでにぼくは椅子に腰を落着けてはいず、床を蹴りとびはねている。もう鍵盤を見てはいない。見なくたってわかるんだ。指がひとりでにすいこまれていく。

あいつのは音楽なんてもんじゃない。雑音だよ。やたらやかましく少しばかり変ってはいるが、前衛なんてとんだお笑いぐさだ、と評論家気どりのディスク・ジョッキーが演奏の合間聞えよがしに連れの女に言った。新宿のジャズ喫茶に出演していた時のことだ。むかっていこうとした実を、ぼくがおしとどめた。あいつは俺たちに劣等感を持っていやがるんだ。ほっとけ。ぼくのジャズの世間的な評判はそんなものだった。だが、ぼくはぼくの音楽の最高の理解者を持っていた。

わたしはピアノもひけないし、と七恵はぼくの指にさわりながら言った。絵も描けないし、詩もかけないわ。でもね、他の人よりもあなたを愛せる。なん倍もなん倍も。あなたはわたしじゃなくてはとてもだめだって、そんな感じが身体の奥でするの。あなたを抱きしめていると、うまく言えないけど、とてもいい気持。わたし、ひとり東京にでてきてもう三年になるわ。わたしの田舎ではね、真黒になってみんなそれはそれは一所懸命働くの。でもね、野菜だって米だってこれっぽっちも自分のものにならない。そんなところいやだって、わたしでてきたわ。それで何を手にいれたかですって？　あなたよ！　ねえ、そう思ってもいい？

　あの当時のぼくらには、若さというものはみじめなものに思えていた。ぼくらはそろって十代で、世の中は思うにまかせぬあらゆるものの寄木細工だった。貧弱な少年と少女ははじめて会った時から、たがいに似たもの同士のにおいをかぎとった。七恵はぼくがバンドで歌謡曲の伴奏をしていたナイト・クラブで働いていて、気がむけば誰とでも寝るという期待をまといつかせていた十八歳だった。バンド・ボーイのぼくも七恵にさそわれた時、その噂が嘘でなかったことを知った。わたしはね、あなたがいろんな曲を弾くみたいに、いろんな男の人を愛すわ。他の誰よりもいろんな人をふかく愛せるって、わたしは自分がそう生れついていると思っていたのよ。でもね、そうじゃないんだって思えてきたの。あなたがピアノしか弾けないみたいに、もうわたしはあなたしか愛せないみたいな気がする。ぼくは七恵を抱きしめ、知らず知らずのうちにとめどもなく涙を流していた。閉店したナイト・クラブの舞台裏の資材置場だった。ぼくらは幼い兄妹みたいにあつくなって抱きあっていた。

　いっしょの部屋で生活しはじめてからの七恵は、まるで人がかわったかのようだった。ナイト・クラブにいれば前のままの考え方をしていると他人に思われるからと、思いきって本屋の女店員になったのだ。このすごいかわりように、ぼくは驚いた。そして、ぼくも下手糞な少女歌手に頭をさげだめな歌をひきたてるような屈辱的な歌謡曲の伴奏などやめ、本当にやりたいのは何かということを考えはじめた。それは、心と身体で思いきってぶつかっていけるジャズだった。ネグロのではない、日本のぼくらにしかできない、哀しみのこもった戦闘的なジャズだった。七恵とめぐり会わなかったら、ぼくはごく当り前にいつまでも歌謡曲の伴奏をやっていただろう。ぼくの収入の減った分は、七恵が頑張った。はりのある日がつづいた。

わたしのおなかがちょっとずつ大きくなってくるのを見ているとね、わたしにだって普通の人並の生活ができるんだなあって、涙ぐましい実感のようなものがあって、とても嬉しいの。わたしはね、子供もあなたもかかえこんでずんずんいくわ。あなたは音楽のことだけを考えていてね。三年がたっていた。ジャズがぼくにとってまだ踏みこんだことのない海のように不安以外の何物でもないと同じく、子供とはぼくと七恵にとっての共通の不安だった。七恵の身体の奥から蛭《ひる》のような子がでてくることを、しばしばぼくは夢に見た。だが、ぼくと七恵を結びつけていたものは不安そのものではなかったのか。ぼくらはどんなことをしてでも子供を育てていきたいと思っていた。

ぼくが血を喀いて倒れると、七恵は不安をぼくの中に見つけたようだ。子供まではとても背負いきれなかったのだろう。わたし、赤ちゃんのこと考えるのやめた。わたしがあなたのことだけを思っているように、あなたはピアノのことだけを考えていてね。七恵はいい女だ。ベッドに横たわっていると、さまざまなメロディとリズムが浮かび、消えていった。思いつくままに、ぼくはそれを五線譜に書きとめておいた。いつしか、それは鞄にひとつたまっていた。

その時ものにした曲をぼくはピアノからひきずりだしていたが、音は自由気ままに走りだし、今やぼくは音にひきずられている感じだった。こんな感じはめったにあるもんじゃない。身体中に充実した力がみちあふれていた。ピアノからではなく、音はぼくの心と身体からほとばしりでた。こんな時に、ぼくは世界中でいっとう仕合せものだとつくづく思う。

わたしたち、まだだめじゃないわ、と七恵はぼくの枕元で喉をつまらせた。わたしたちを悪く言っている人は多いけど、そんなこと気にならない。わたし、もうお友達とつきあうのやめたの。田舎に手紙もださないわ。わたしにはあなたしかいないんだって、今も自分に言いきかせているの。逃げないわ。逃げるとしたら、あなたといっしょに前に逃げる。

やたら広い草原だ。いい風が吹いている。もしかすると、ここは満洲じゃないだろうか。迎春花はどれだろう。父は北上したのだ。けしの花があった。満洲の紅い花。シベリア進攻の夢。うさぎだ！　ぼくはうさぎを追いかけ、走る、走る。うさぎも走る。しばらくは、かけくらべだ。さえぎるもののない広くたいらな草原では、ぼくの方がまだ速い。もう少しでうさぎにさわりかけた時、七恵の声が聞えた。うさぎっていうのはね、後ずさりができないのよ。不器用なのね。よくはねるように後脚が長くなっているでしょう。だからね、つかまえようとするなら、前から行った方がいいわ。耳をつかまえひきよせてみると、うさぎは父の顔をしていた。

ぼくは思わず手をはなした。

まるで細い骨を無理に筋肉でおおったボクサーのように、いくら激しくやっても、音そのものが悲しみを秘めている、とぼくの演奏について言われたことがあった。ぼくはボクサーではない。ぼくには他人を必要としない瞬間がある。どんなにスローなブルースからはいっていったとしても、すぐに登りつめていき、やがて息もつけないほどの渦の中にはいっていくのだ。すでにサクスもドラムも聞えなくなっていた。

　壜がゆっくりとんで黒ヘルにあたり、くだけ、中身の牛乳があたりにとび散ってぼくの顔にもかかってきた。白い火花。怒号とともに、空壜と石とがつぎつぎにとんできた。黄色いヘルメットがドアの外側にちらちら見えがくれしている。膝をかかえしゃがみこんでいた黒ヘルは一斉に立上り、投げつけられた壜を拾って投げかえし、ドアを閉めた。サクスが高く音をひとつなぎにひきずりのばした。外からたたかれてドアがガンガン鳴っている。ちくしょう、テンポ・アップだ。石と空壜とドラムとピアノとサクスのぬきつぬかれつの競走だ。走れ、走れ。なあに、負けやしない。あらゆるものを俺たちの雑音でかき消してやれ。

　楽器をこわしやがったら殺してやる、とシンバルをたたきながら呶鳴る実の声が聞えた。痛《いて》てえ！　実はドラムに指を打ちあて、スティックをとばした。何やら叫び声をあげドラムをひとつ拳でなぐりつけ、実はまた新しいスティックをとりだした。スティックを一ダースばかり、あいつはいつも用意しておく。ぼくは心配ない。身体ひとつでただ逃げだせばいいんだ。どうせ学校のピアノだ。それにしても、黒ヘルのやつら、急にいきいきしてきたじゃないか。ここはやつらのための場所か、とぼくは思った。とんでもない。石が投げられたくらいで、負けてたまったもんじゃない。黒ヘルと黄色が憎しみあい石を投げつけあっているように、ぼくらはそのどちらも戦いをしかけていくんだ。石にはピアノはたたけない。サクスを抱き俺たちにはいつも場所がない、というのが島田の口癖だった。サクスを抱きかかえるようにかかえるようにして身をゆすぶり上げ下げしている島田がくりかえし話すことを、ぼくは思い出していた。島田は押入れの中で身をこごめ、サクスの先を蒲団にあてて練習する。そんなに強く吹いているとは思えないのに、サクスは音が大きい。三日とたたないうちに隣から苦情がでて、アパート中が敵にまわり、ようやく見つけた部屋もすぐにいたたまれなくなっちまう。いつでも思いのまま力いっぱい吹きまくり練習できる場所がほしいものだ、と島田はそればかり言っていた。ぼくだって今までに一度もゆっくりしたことがない。時間はうんざりするほどありあまっているのに、とにかく場所がないのがぼくらなんだ。

不意に蛍光燈が消えた。一筋の光もさしこまず、鍵盤も見えないほど真暗になった。だが、石も壜も怒号も、そして、サクスもドラムもピアノも、少しも勢いはおとろえない。ぼくらのまきちらす音は、暗がりで輝きをましとび散るあおい火花のように、むしろ、すさまじいほどに冷たくするどさをましていった。ぼくらは暗い日本で燃えさかる火花だ。迎春花、けしの花の咲きみだれる満洲を駆けぬけた父をむかえた暗い日本の、私生児だ。上の方から、流れ星のように火がすうっととんできて、一瞬、部屋の真中に大きな火の柱が立った。火焔壜！　部屋の中すべてが赤く染まり、ピアノ全体が、ドラムをたたきやめない実が、痙攣《けいれん》のようにサクスを震わす島田が、うわあっとのけぞる黒ヘルが、時間がとぎれたように動きをやめて浮かびあがった。はねとんだ火が、黒ヘルのひとりについた。彼は狂ったように床をころげまわっている。それらすべてをおさえつけ、ぼくらは力いっぱい演奏をつづける。ぼくはうっとり眼を閉じている。

ドアを丸太かなにかでたたいているのだろう、ガツンガツンとドラムよりも大きな音がする。それに足をすくわれるように、時々リズムが狂う。でも、しだいに、丸太はぼくらのリズムにのってくる。うす赤に見えていた鍵盤が、灰色になり、真黒になって闇の中に溶けこんだ。眼がひりひりして、息が苦しい。ガソリンの臭いがする。あたりは煙でいっぱいなのだ。ぼくは、たぶん、涙を流している。眼のあたりが熱い。胸が重くふたがれてくるような気がする。ちくしょう、煙を吸いこんじゃいけないぞ。ぼくは病気じゃない。ぼくの胸はまだまだ平気だ。これは、ただの、煙のせいなんだ。ぼくは他のことを考えようとしていた。兵糧攻めなんかにあって、何日もこんなところに閉じこめられていたんではたまったもんじゃないぞ。いいや、むこうから攻めてきてくれるんだから、そこが突破口にもなる。ぼくは息をつめ、眼を閉じてみた。ほんのちょっとだが、息が苦しい。島田がテンポをあげ、兇暴《きようぼう》なくらいの激しさでぼくにいどみかかってきた。と同時に、実もぼくに戦いをしかけてきた。ぼくは二人の挑戦をうけながら、今までにない演奏をしてやろうと考えていた。いつもぼくはあるところまでいくと、これから先はとてもいきつけないように思える壁があった。それが、今はそこをつき破れそうな気がしている。丸太がドアをつき破るとすぐに、喊声《かんせい》があがった。ひん曲ったドアからさしこんでいる光にそって、くるくるまわる壜や石が見えた。空壜がひとつぼくの背後の壁にあたり、くだけ散ってはねとんだ。今はどんなことでもできそうな気が、ぼくはしている。

学生たちは誰ひとりとして、もはや演奏なんかに耳をむけてはいないだろう。壜や石を投げかえすことに夢中になっている。聞いているかいないかなんてことは、今は、問題じゃない、とぼくは思った。石があたっても、ぼくは投げ返したりはしない。弾けなくなるまで、ピアノを弾くだけだ。学生たちとはちがう。とことんピアノにしがみついてやる。ぼくは鍵盤にほとんどうつぶせになり、音をかきたてながら呼吸をととのえる。いくらか胸が苦しくなってきた。まだしばらくは持ちこたえられるだろう。どんなことをしてでも、持ちこたえなくちゃいかん。ぼくは、結核で黒ずみちいさくちぢこまって死んだ母を思い出していた。母は身体ほどもある大きなメリヤスの風呂敷包みを背負い、見たこともない街をよろけるばかりに歩いている。うるさくて、身体がしびれて、頭の中が空っぽになるよ。ぼくの演奏を聞いたら、母はきっとこんな風に言うだろう。母と同じようにぼくは結核になっちまった。働きすぎたわけでもないのに。母は見知らぬ街をメリヤスを売りながら通りすぎ、父は黒龍江渡河を夢見ながら満洲の紅い花の中を歩いていき、そして、今、ぼくは全力で走りつづけている。何処までも行ってやる、とぼくは叫んだ。ぼくの指は休むことなく動きまわっているが、あとの二人から少しずつおくれてくるのはどうしようもなかった。汗が冷たい。

二発目の火焔壜が炸裂すると、黒ヘルは右手に石を持ち左手に角材を握り、喊声をあげてドアに殺到し、そのまま十人ぐらいで表にとびだしていった。すごい石の雨だ。石は黒ヘルたちの肩や腰にあたり、にぶい音をたてた。持っていた石を投げつけると黒ヘルは顎をひいて顔をふせ、角材をむやみやたら振りまわし打ちかかっていった。黒い煙がたちこめ、ゆるやかな風に流されてぼくの方にやってきた。実はドラムをたたき、島田はサクスを吹き鳴らし、ぼくはピアノに指を打ちつけている。『JAZZによる問いかけ』とは何なのだ、とぼくは思った。今はどういう時なのだ、とも思った。考えている暇などなかった。今は考えている暇などない時なのだ、と思ってみた。つぎつぎに廊下にとびだしていった黒ヘルたちは、すぐにおしもどされてきた。煙がこもってしまっている。

サクスを吹いたままで、島田がぼくのそばによってきた。喉と肩が大きく波うってはいるが、ぼくの指は休みなく動いている。島田が口からサクスをはなし、ぼくの肩に手をかけた。ぬれそぼったシャツのひんやりした感触が、肩先に残った。冬の来る前にソ連の対日宣戦布告は予想されていた。昭和二十年八月九日午前0時を期して、ソビエト労農赤軍は三方面からソ満国境黒龍江奇襲渡河を敢行した。圧倒的物量を誇る赤軍機甲兵団戦車隊に対して無敵精強関東軍の肉弾作戦。あいついで玉砕する部隊。潰走する兵、兵。武装解除。満洲に消えた関東軍。何だかよくわからないが、負けたくないと思った。黒ヘルにも黄ヘルにもドラムにもサクスにも、石にも火焔壜にも、世界中のあらゆるものにも、勝ちたいと思った。勝つとはどういうことなのかわからない。敵が何かもわからない。でも、とにかく、負けられない、勝ちたい、勝って勝って勝ちまくりたいと思った。実がスティックを持ったまかけよってきた。ピアノだけがよわよわしく鳴っている。胸がしめつけられるようにやたら苦しかったが、ぼくはこのままピアノをたたきつづけていなければならないような気がしていた。今までにないほど素晴しい演奏ができるような感じがしていたやさきなのだ。七恵はいい女だ、とぼくは声にだして言った。ぼくはあいつのためにこそ、勝たなくちゃならない。ぼくはすごく幸福な気がしていた。

　ぼくが鍵盤の上にうつぶした時、大きく響く音が聞えてピアノは鳴りやんだ。なあに大丈夫だ、とぼくは口の中にひくくこもらせて言ったつもりだったが、誰も聞いてはいなかった。黒ヘルの四人が大急ぎでドラムを台からはずし、分解し小脇にかかえた。ぼくは負けたくない！ぼくは実の背中でぐったりしていた。どうしても勝てないのなら、勝とうとする気持だけは持ちつづけていようと思った。そうだ、七恵はいいことを言った。逃げるとしたら、前に逃げるのだ、黒ヘルたちにとりかこまれかばわれて、ぼくらは地下の教室をひとかたまりにとびでた。勝とうとする意志を持って、今、前に逃げているんだ、とぼくは思いこもうとしていた。ぼくの頭にも実の頭にもヘルメットがかぶせられている。学生の誰かが自分のを脱いでかぶせたのだろうか。そうだとしたら、その学生が危険だ。待ちかまえていたとばかりに、憎悪のこもった石と壜が降りそそぐ。その学生が危い。勝とうとする意志を持って、ぼくらはつき進んでいく。石がつぎつぎにぼくらのかたまりにすいこまれる。先頭の一団が黄ヘルメットの群に角材を槍のようにかまえつきかかっていき、通り道を開いていく。ジャズが鳴りやんだので、怒号が生のままでとびかう。ヘルメットには石がガンガンあたっている。ぼくらはつき進んでいく。

ナイト・クラブにいた頃のわたし、ベッドの中では、いつだって戦いの毎日だったわ。蒲団の中でからまりあっていたある夜、七恵はぼくの耳にしゅうしゅうとあつい息を吹きこみながら言った。ベッドが戦場だったのよ。でも、ほとんどの人は、わたしが一所懸命戦いをしかけているのに、そんなことも知らないで安心しきっていた。すぐに満足してしまうの。そんな人は、わたしは軽くあしらってしまう。はじめ、あなたも同じだと思っていたわ。でも、すぐに、あなたの戦う相手はわたしなんかじゃなくて、別の何かもっとすごいもの、わたしなんか絶対にわからないようなものだってことが、身体の奥でわかったの。だから、わたしは、あなたをぎゅっと抱きしめていると、世界中を抱きしめているような気になれるのよ。ぼくは自分の戦う相手がどんなものか、少しもわかっちゃいない。だが、どんなことをしてでも絶対それに勝つのだ。おろしてくれ、と実の背中でぼくはできるだけ力をこめて言った。心配かけたが、もういい。ぼくはひどく気はずかしくなっていた。思いのままにならない自分の身体にいらだっていた。もうすぐだ、ちょっとがまんしてください、と実は首を後にねじまげて言った。その拍子に空壜が肩先をかすめ、実は一瞬身体をぐらつかせた。ガッガッと角材の打ちあたる音の間に、実が呪文のようにくりかえしているつぶやきが聞える。ちくしょう、ちくしょう、楽器をこわすなよ、こわしたら、ただじゃおかねえぞ。黄色いヘルメットがすぐま近でいくつもゆるやかにむれている。

階段の上りはなでまた火焔壜が燃えさかり、ちょっと時間をくった。ようやくのこと階段を上りきると、まぶしい光がぼくらの眼につきささった。ぼくらは顔をうつむけ、つき進んでいく。出口がもうすぐのところに見えていた。窓ガラスを角材でこなごなに打ちくだいたが、音は聞えてこなかった。

ぼくは実の背中からおり自分の足で窓枠をくぐりながら、二三度深呼吸をして気をしずめようとした。一体何が起ったんだろう。ぼくは勝ったのか。負けたのか。そのどちらでもないのか。胸の苦しさはすっかりおさまっていたが、何か胸につかえるものがあってはっきりしなかった。ひどく疲れているのが感じられた。ちくしょう、何も起りはしない。いつもの通りだ。ガラスのむこう側で石を投げつけあい角材でさかんにわたりあっている黒ヘルと黄ヘルがゆらめき交錯するのを見ながら、ぼくの顔には知らず知らずのうちに笑いがにじみだしてきた。そうだ、ぼくには勝利への意志がある。どうもまだよくわからないが、とにかく、こんなに痛切に勝ちたいと思ったのははじめてじゃないか。

頭にきた、と実の声がけたたましく響いた。ドラムの皮が破れちまった。頭にきたぞ、もう頭にきた。実は顔をあからめ、髪をふりみだしてとびはねていた。これじゃあ、使いものにならんねえじゃねえか。どうしてくれる。ああ、ちくしょうちくしょう……実はヘルメットをまぶかにかぶりなおすと、ふたたび大股でガラスのない窓をくぐっていき、黒ヘルも黄ヘルも見さかいなく狂暴に角材をふるいはじめ、すぐにたたきふせられて袋だたきにあっていた。まるくなって逃げまわっている実の悲鳴が、聞えたような気もした。島田が窓枠のところでおろおろしている。すべてが別の世界での出来事のように、ぼくにはゆっくりした動きに見えた。ぼくはすでにぼくの世界、不安にいろどられて勝つ望みのない世界をかかえこんでいた。勝てないとしても、ぼくは負けもしないのだ。七恵はいい女だ。ぼくは残してきたピアノと七恵のことを思い浮かべながら、実の様子を遠くに見、胸が重くふたがれてその場に頽《くずお》れた。世界中がなめにかしいだ。ぼくはかたく冷たいコンクリートに頬を押しつけながら、口から泡立ってでてくる血の鮮かさに、すっかり感動していた。日本の紅い花かもしれない、と思った。

部屋の中の部屋

ドアを閉めると、そこはもうぼくらの世界だ。錠をおろし、カーテンでおおったアパートの部屋での、ひそやかで落着いたぼくらの時間。さまざまにわずらわしい外での生活、いつでも張りつめ、緊張におしひしがれているけばだったアスファルト地帯から帰ってくると、ぼくらは貝のように密閉した部屋で、ひっそりと息づく。

ミヨコはドアにもたれかかって錠をおろし、着物を素早くとってしまうと、うふうふときれぎれに笑いながらぼくの髪の中に指をいれ、爪でぼくの頭の皮をくすぐる。ぼくはミヨコの肩に頭をうずめ、上むきかげんの乳首を指先でつまみ、頬ずりする。うすむらさき色に沈んでいた乳首が、しだいにうすもも色に充血し、火照《ほて》ってくる。

ぼくはミヨコの耳たぶから金色の光をかくし持った透き徹るような耳の裏側、なめらかな顎の下、わずかな息づかいにも当惑げに震える喉、といった柔らかな皮膚におおわれた部分に指の腹をはわせ、指先を熱くしておそるおそるミヨコのセクスにさわったりする。そして、唐突に乳首に指をつきたて、笑エ、笑エ、とつぶやく。

ぼくらはくったくない子供にたちかえり、声をひそめてのくすぐりあい遊びの中にいる。先に笑いを歯の間から少しでものぞかせた方が、まけなのだ。まければ、勝者の言う通りのことをしなければならない。

ミヨコは唇を噛んで笑いの虫を舌の先に乗せかけているが、ぼくが疲れて指の動きを少しでものろくすると、すぼめつきだした唇の間からひとかたまりの息をぼくにほっとふきかけ、今度は攻勢にまわるのだ。ミヨコのしなやかな指先は敏感な小動物ににて、いつでもはしこかった。腋の下や腹を指がもつれあいながら素早くくぐりぬけたかと思うと、もうひとつの手が尻に幾重にも輪を描き、そちらの方に気をとられていると、別の指先がぼくのセクスをぱちんと弾く。ミヨコはうつむきかげんの顔を髪の束でほとんどかくしてそれをひどくまじめくさってやるので、いつでも、ぼくは、掌を開いてひらひらさせ、ヤメテクレ、ヤメテクレ、と言いながら、少しの唾《つば》といっしょに笑いの虫をふきださせてしまうのだ。ぼくは遊びの間だけ無表情な甲虫になってしまったようなミヨコに、勝ったためしがない。

もったいぶった間合いの後、咳払いとともにぼくの耳にとどいた勝者の命令は、何も考えずばかげた顔で天井を見つめ、あおむけに寝ころぶことだった。ふてくされてのろのろと寝ころんだぼくの前に、ミヨコは、ヨッコラショ、と言ってあぐらをかき、ぼくのセクスを指先で気まぐれに弾くのだ。ヤメロ、ヤメロ、ぼくは上半身を起こしてミヨコに抗議の眼をむけわめくが、ミヨコは額を押してぼくの身体を沈め、うふうふ笑いのとげをぼくの下腹部につきたてるばかりで、ぼくのセクスはしだいに頭をもたげてくるのだ。ソレダケハ、ヤメテクレ、ぼくは腰をよじり、喉を乾燥させて高い声を張り上げるが、ミヨコはくすくす笑いの厚皮にくるまれてサイとかセイウチとかいった鈍感な動物になり、ぼくの幾分の怒りに赤らんだ異議だても、背骨の浮きでた背中にさえぎられてしまう。オカシナモノネ、コンナモノガ、何故、抽象的デ神秘的ナ意味アイヲ、持ッテ、クルノカシラネ。

ミヨコはぼくに厚皮動物セイウチの充血した肩をむけながら笑いをとばし、ぼくの横たわった身体につぶやきをころげさせる。ぼくは腕を頭の下に敷いて寝ころんだまま天井のあかりを見、急に身体をのけぞらしてミヨコから逃れようと試みたりする。

ミヨコはうふうふ笑いの湿っぽい息をふきかけ、指をしきりに動かしてぼくのセクスに夢中になっている。ぼくは手を伸ばしてミヨコの尻のまるみをおびたふたつの果実にさわり、時時、その隙間に指をはわしたりするが、ミヨコはもうすっかりかがみこんでミヨコの作業に没頭していて、ぼくの頭や顔といった部分を忘れてしまっているのではないか、とぼくは疑いの芽を持ったほどだった。

熱い高まりがぼくを襲い始め、ぼくはミヨコの尻から手をどけ、強く指を握りこむ。急激に高まった瞬間、ぼくは、あっ、と吐息をもらす。白い樹液がぴゅっと飛び、ミヨコをおおっているくすくす笑いの表皮にかかる。ウワ、キタナイ、キタナイ、ミヨコはセイウチの厚皮をゆるませてとびのいたので、今度はぼくがくすくす笑いの薄膜にくるまれ、喉をつまらせてひいひい言いながら部屋をころげまわる。

ミヨコは腕をあわただしく振りまわして大袈裟《おおげさ》にわめき散らしながら、シャワー室にかけこむ。温度を調整するつまみの回転音がかすかに聞こえたかと思うと、曇ガラスの戸一面に水の飛沫を派手に飛び散らせ、軽快な曲をハミングし、口笛を吹いたりする。シャワー室といっても、トイレと兼用になっているのだ。ガラスのむこう側からのミヨコの軽やかな口笛にあわせて、ぼくもすぼめとがらした唇からひとつなぎの音をひきずりだし、ベッドのへりに腰かけて、ミヨコのゆれ動くかすかな影を見る。曇ガラスにデフォルメされたオブジェ風のねずみ色の影、しなやかなミヨコの身体が、ぼくはたまらなく好きだ。

ぼくは水の糸をあびて揺れる影を見つめながら、満足の息をはいていると、ミヨコはシャワーをとめてしゃがみこむ。そして、少し開いたドアの隙間から手首をだし、くるくるまわして、紙、紙、と大声で怒鳴るのだ。ぼくはひどい興ざめに手の甲を額にこすりつけ、幾分いらいらしながらひとたばのチリ紙を戸棚からつかみ、顔をそむけて手首に渡す。すると、手首は愛《あい》嬌《きょう》をふりまくコブラのように一回転してドアの隙間に消え、アリガト、アリガト、と声が返ってくる。

水洗の音が冷気をまきあげていよいよぼくに興ざめを運んでくると、ミヨコはすっかり裸のまま水の粒粒をぬぐいもせず、ハミングにあわせて腰をくねらせながら現われ、ふたたび、うふうふと笑い、ぼくの肩に手をかける。キチント、湯カゲンハ、調節シテオキマシタカラネ、ミヨコの声にうなずいて、今度はぼくがシャワー室にはいり、コックをひねる。熱湯の糸がさかんに湯気をたてて天井の穴からぼくの身体にふりそそぐ。ぼくはキャッと叫んで飛びあがり、まといついた熱気に身体中をヒリヒリさせながら、ドアを蹴《け》ってとびだす。激しくあえいで眼をむいているぼくに、ミヨコは両手で腹をかかえこみ、髪、首筋、背中、といったところを震わせて笑いころげ、サッキノ、オカエシヨ、オモイシッタ？　とぼくに幾つものとげを投げつけるのだ。
赤らんで火照っている全身を感じながら、ぼくは濡れて貼りついたミヨコの髪の中に指をいれ、かきまぜて一本一本をわきたたせる。ふたたびシャワー室にもどり、注意深くコックを調整して指先で温度を確かめ、たんねんに身体を洗い流す。石鹼を泡だたせて身体中にぬりつけると、コックをひねって水流を強くし、石鹼を流しながら顔を上向けて口を開き、うがいもついでにしてしまう。そして、立ったまま排尿をすませると、口笛を吹きながら水滴をしたたらせてミヨコの前に立つ。

ミヨコは乾いたタオルを押しあててたんねんにぼくの身体についた水滴をすいとり、柔らかくタオルで包むと、その上から頰ずりする。ぼくは腰をかがめてミヨコを抱きかかえ、そのままベッドに運ぶ。ぼくらは折りかさなって横たわり、ぬめらかに舌をからみあわせる。脚をからませ、腰をすりよせてうねりながら身もだえする。そんな時も、ミヨコの一列にそろった歯の間からあえぎあえぎ息がもれ、ぼくの鼻や頰をしっとりと湿らせる。やがて、ぼくらはしっかりとひとつになり、充実した湖の中に沈んでいく。ひとつの行為がすんだ時、ぼくらはおたがいにいたわりあって見つめあい、充足した眠りの中にそろって溶けてゆき、軽い寝息をたてる。

幾時間かの静かでおだやかな眠り……レモン色のカーテンの隙間から白い光の粒がざわめきながらこぼれてくる朝、といってもほとんど昼近いのだが、ぼくは、突然、あらあらしく毛布がはねのけられて目覚める。先に目を覚ましたミヨコが眠りの間ミヨコの尻をさわっているぼくの手をどけてベッドを離れると、すぐに、ぼくの根深い眠りをさまたげるために、いつでも毛布をたたんでしまうのだ。眠りすぎると、人間はのろのろしてくる、という眠りに対するミヨコの考え方によっていることだった。ぼくは眠りの中のまだ完全に輪郭を整えきっていない曖昧な意識の外側から、マッタク、オ行儀ガ悪クテ、コマッタモノネ、と笑いをふくんだ声といっしょに、ぼくのセクスが指でさわられるのを感じ、眼を開ける間もなく飛びあがってしまう。ドウシテ、コウモ、オ行儀ガ、悪イノデショウ、ぼくは、笑いをこみ上げながら楽しげにぼくの硬く充血したセクスをいじっているミヨコの手を払いのけると、両手でおおって立ち上がり、部屋中をぐるぐる歩きまわって充血がひくのを待ち、手足を折りまげて朝の体操をする。

ミヨコもぼくをまねたぎこちない体操をすると、口の中に歯ブラシをいれ、白い泡をかきたてすすぎ、冷たい水に顔をひたす。そして、鏡の前にすわりこみ、髪に櫛《くし》のあとをつけたり、クリームを首や耳や頬、掌にうすく広げ、唇を紅く染めたりする儀式にとりかかる。ぼくはベッドに寝そべりながらにやにや笑ってミヨコの横顔に、ソンナコトシテモ、タイシタ変ワリハ、期待シナイ方ガ、イイト思ウガナア、というようないつもの冗談をあびせかけるのにもあきて、鼻毛をぬいてふきとばしたりしている。ぼくは、唐突に、腹ヘッタ、腹ヘッタ、とわめきだす。ミヨコはママの口調で、待ッテナサイ、今、ママガ、オイシイゴ馳走ヲ、ツクッテアゲマスカラネ、と言う。そして、半時間も、鏡の前にすわったままなのだ。ぼくがうんざりして、普通ノ女ナラ、化粧スル前ニ、朝メシヲツクルノト違ウカナア、と抑揚の乏しい声でミヨコの背中に掌をすべらせながら言うと、ミヨコは、私ハ、普通ノ、ゴク当リ前ノ、カワイイ娘デスカラネ、と言って口紅のキャップをまわし引出しにしまいこみ、流し台にむかってようやく立ち上がる。

ぼくがベッドに寝そべり、ラジオからこぼれてくる音に耳をそばだてながら、朝刊の中にびっしり埋めこまれた活字をひろい読みしている間に、ミヨコはジャガイモの皮をけずりとったり、トマトを割ったりして、朝食の準備にとりかかる。蒼い炎を噴き上げているガスコンロの上で、鍋の湯がわきたって蓋《ふた》を持ち上げるのを見ていると、ぼくは新聞紙をほうり出して、犬のように鼻をひくひくさせ、鍋の蓋をとったりするので、ミヨコは、エイ、ウルサインダカラ、と言ってぼくをおしのける。ぼくはふたたびベッドの上に寝そべる。ヒモジクテ、ヒモジクテ、死ニソウダ、とわめき散らす。ミヨコが裸の上から小さなエプロンをしていたので、おかしさがぼくの身体をかけめぐり、ミヨコの裸の尻にむかってけたたましい笑いのとげをつきさす。ミヨコは口笛を吹きながら彼女の仕事に専念していて、おかしさに喉をおさえてベッドの上を転げまわっているぼくには、少しの注意も払わないのだ。不意にぼくはそらぞらしさにとりつかれてベッドに身体を投げだし、顔に新聞をのせる。そして、ふっと溜息ともつかない息をはくと、むれたインキのにおいが、ぼくの顔に広がる。

包丁がまな板を打つ小刻みな音と湯のにえたぎる音が快く耳の穴にこだまし、うっとりと眼を閉じて眠りかけていたぼくは、ハイ、オ待チドオサマ、オ腹、空イタデショウ、という声に、顔の上の新聞を払って跳ね起きる。今日ハ、素晴シイゴ馳走デスヨ、遠慮ナク、ドンドン、オイシクオアガリナサイ。

ミヨコは鍋ごとテーブルの上に置き、ぼくが口笛を吹きながら中をのぞきこむと、すさまじい量の赤い煮物がむっとするかおりと湯気をわきたたせ、ぼくの顔を包む。ぼくは長い待ち時間の後の深い期待はずれにがっくりとし、テーブルのわきの椅子に腰をおとす。ドンドン、オアガリナサイヨ、コンナニタクサン、アルノデスカラネ、幾分鼻をふくらませて得意げに笑顔をつくりながらミヨコは言い、小皿に赤い料理の堆積《たいせき》を盛り上げて、ぼくにさしだす。そして、顔を少し傾けてママのやり方で微笑むと、サア、サア、とぼくをせきたてる。

野菜のケチャップ煮、ミヨコのお得意のやつで、三日おきぐらいに、ぼくは悩まされ続けているのだ。ミヨコは市場でアメリカ製ケチャップの大壜をかかえこむようにして買ってきて、台所の最も便利な位置にそれを置いて以来、ぼくは豊満な男の顔を持ったトマトの絵が笑いかけているラベルを見るたびに、ゲップをしてしまうほどだ。大壜がようやくなくなってぼくは安堵の息をトマト男にふきかけたと思ったら、ふたたび、ミヨコは新しい大壜をかかえてくる。ぼくがげっそりしたというように頬をくぼませてケチャップについて抗議すると、ミヨコは絵のトマトの顔をやさしくなぜながら、ケチャップヲ、使ワナイデ、私ニ、何ヲツクレト、言ウノ、とあっさり身をかわしてしまうので、時時は、ぼくが進んで料理当番を申し出たりするほどだった。しかし、ぼくの苦心の料理も、ミヨコにはひどく軽蔑された。実際、ぼく自身、ケチャップを使っていないという最大の理由がなかったら、とてもぼく自身の料理などにはうんざりだ。

アア、今日モマタ、ケチャップノ料理カ、ぼくは溜息をパンの表面にはわせる。ケチャップ煮をのせ、パンをおりたたむ。精一杯開いた口の中にねじこむと、思わずむせて、顔のむきをテーブルからずらして咳込んでしまう。ダメネ、アナタハマッタク、オ行儀ガ悪クテ、イケマセンネ、少シズツ食ベレバ、イイデショウニ。ケチャップの酸を含んだ甘味が口の中に広がるだけで、大袈裟に言えばぼくは寒けを感じてしまう。台所の流し台のわきで、ラベルの中のトマト男の豊満な顔が、下品な笑い方をしている。タクサン食ベナイト、力、ツキマセンヨ、サア、サア、ドウシタノデスカ。ふくらました頰をうまそうに動かすミヨコをほとんど畏敬の感情で見ると、ぼくは大きくひとつ溜息をして、ひとかたまりの野菜のケチャップ煮をのみこむ。そんなぼくを前にして、ミヨコはくったくなく乳房をふるわし、満足の息をはくのだ。

ぼくは八重山からきたナイト・クラブのボーイで、十九歳だ。ぼくは島の生活を、高校生活の終わりと同時にきりあげ、沖縄本島北部の名護《なご》にあるビール工場に、工員として就職した。しかし、あのように単純でのっぺらぼうな、毎日毎日を波立たせずとどこおりなくやりすごすような生活が、ぼくにはたまらなかった。まったく、ぼくの当時の仕事ときたら、ほとんど完成しゴムベルトの上を並んで流れていくビールを蛍光板を通してながめ、焦茶色の壇の中に起こっている異変を見つけるだけの仕事だった。ぼくは一日中を、蛍光板の前をカチャカチャぶつかりあいながら通っていくビール壜を見つめるだけに専念し、仕事終了合図のベルといっしょにコンベアがとまると、充血した眼をしばたたかせて寮に帰り、時時、少しの酒をのみ、マージャン牌にさわってすごすような毎日だった。ぼくはそのような生活を一年あまりやりすごした後、ひとつふたつふかぶかと溜息をして、ビール工場に別れをつげたのだった。名護から一号線づたいにぼくがやってきたのは、那覇《なは》だった。とりあえず、ぼくはそこでナイト・クラブのボーイを志願し、すでに、半年あまりを働いている。クラブのボーイを選んだ理由は、他にこれといって魅力的な職業がなかったことと、それよりも、ビール工場と違ったひとつの変化、それは、人間を相手にしているというような、今までとはまるで違った興味があることだった。しかし一年近くすぎた今、はたして、ぼくに変化がおとずれたのだろうか、というようなにがい思いが、ぼくの頭をかすめてくる。

ぼくは最初の勤め先だったクラブでミヨコと知り合い、アパートの部屋を借りて共同生活を始めた。ぼくは、今のクラブに職をかえた。薄暗い中でミヨコがアメリカ兵たちの毛ぶかい太い腕にからみつかれ、ウィスキー臭い熱い息をはきかけられているのをボーイとして見ていることは、とても耐えられなかった。ミヨコは今でもそのクラブに、ホステスとして働いている。ミヨコはぼくより三つ年上の、二十二歳だ。栗色のしまを持った世界一大きな蛾が住んでいることで有名な与那国島《よなくにじま》からやってきたミヨコは、第一の職場であったバス会社から、本土からの観光客むけのスコッチ・ウィスキーを専門に売る土産物屋の店員になり、それから、喫茶店のウェイトレスといったように、みっつよっつの職を変えた後、今のクラブのホステスになったのだった。

ぼくらはぼくら自身の経営による店を夢見ながら、アパートの部屋での二人だけのひそやかな貝の中のような共同生活を、もう半年以上もつづけている。

夕方、アパートの部屋から電燈の灯がこぼれ、子供たちがそれぞれの部屋にもどってママたちに空腹をうったえる頃、ぼくらはぼくらの部屋を出て、にあいの恋人同士といった満足感にひたりながらしばらく肩を組んで歩き、別々のクラブの扉を押して、一日の仕事を始める。浮気ナドシナイデ、スグニ、帰ルノデスヨ。ミヨコのいつもの別れの言葉を背中にうけとめながら、ぼくはえび茶色のすきとおったドアを肩で押す。

その夜、遅く、アメリカ兵がクラブでひどく酔っぱらい、なぐりあいをしたので、ぼくらボーイたちはマネージャーとその仲裁に苦労した。閉店まぎわまで残っていた二つのグループが、うすもも色のスカートに耳元まで短く髪を刈り上げた子供っぽいホステスをめぐって、対立したのだった。

彼女の恋人だといつも自分からくどい程わめき散らしていた兵隊、彼はペンシルバニアからの二十歳だったが、二日おきぐらいにぼくらのクラブにあらわれ、彼女とバアのとまり木に並んで坐り、ウィスキー・コークをのむことを楽しみにしていた。ぼくらはおしぼりや灰皿を持っていく口実を見つけ、近づいていっては彼らの背中を掌でぽんとたたき、短く口笛を吹いてからかったりした。そんな時も、彼はうっとりと眼を閉じて彼女の手をにぎりしめ、ぼくらボーイを無視するのだった。彼は彼女に、ギリシア風の彫刻が白く浮かびあがっているサンゴのペンダントをプレゼントし、それ以来、彼女はたびたびそれを首にまきつけてきた。ぼくらが彼女の胸にかかっているそのペンダントを見るたびに、彼女にからかいの笑いを顔中に広げながら、彼ハ、恋人トシテ、ドンナ感ジダイ、とたずねると、彼女はギリシア風貴婦人の顔のペンダントにさわりながら、彼ハ、兵隊ナンカニシテオクニハ、モッタイナイ人ダワ、と眼を細めて言うので、ぼくらは彼女から離れて背中をむけると、肩を震わさないようにくすくす笑いをしたものだ。ぼくらボーイやホステスたちは、彼等を若い恋人同士として眼を細めてながめていた。いつか、彼はぼくに、俺ハ、彼女ヲ連レテ帰ロウト思ウ、と真剣な顔で言ったので、ぼくは彼の肩に手をのせて、オオ、ソレハ、イイコトダ、と言っておいた。彼の計画が実現すれば、ぼくらは彼女のために素晴しい餞別《せんべつ》を考えだすことだろう。彼の名前はチャアリイ、彼女の名前はナオミといった。

そのナオミが、その夜、別のアメリカ兵のグループの相手をしている時、チャアリイが二人の友人と機嫌よく肩を組んでやってきた。そして、ボックスをひとつおいたシートにふかぶかと身体を沈ませ、ナオミを手まねきした。ナオミがそれまで相手をしていた兵隊たちに、イクス・キュウズ・ミイ、とひどく発音の悪い英語をチャアリイに気をとられがちにテーブルの上に流し、立ち上がりかけると、兵隊たちはナオミのスカートをひっぱってシートにおしたおし、ノオ、ノオと彼女を抱きしめにかかったので、チャアリイが怒りのパンチを彼等にあびせたのだった。しかし、毛ぶかい腕を肩までまくり上げた彼等に、チャアリイは軽々とつきとばされ、だらしなくあおむけに転倒した。ナオミや他のホステスたちが、口々に悲鳴のサイレンをけたたましく上げなかったら、チャアリイは彼等に顎の骨ぐらいくだかれていたにちがいない。ホステスたちは指をつきだして彼等に、アノ人タチガ、悪イ、アノ人タチガ、悪イ、とまくしたて、敵意のとげを投げつけた。その間に、マネージャーやぼくらボーイたちが彼等の間にわりこみ、たちこめた険悪の芽をつみとろうとした。マネージャーが兵隊のひとりに顎に拳をうめこまれ、キャッ、と言って転倒した。MP、MP、とぼくらは外にむかって大声を張り上げると、彼等は顔をしかめてぼくらに軽蔑の表情を投げつけ、肩をそびやかしてのろのろとドアの方に行進してゆき、あらあらしくドアを開けたてて出ていった。ホールの端では、ナオミがしきりに濡れたタオルでチャアリイの顔や首筋をぬぐっていた。マネージャーが大袈裟に痛がって、兵隊たちから勘定を取ってくるようにと、ぼくらに無理な命令を下した。

次の日、マネージャーはなぐられた顎に絆創膏《ばんそうこう》をはってあらわれ、ぼくらの失笑を英雄に対する尊敬の微笑みだと誤解し、得意がっていた。しかし、その日は、まったく暇だった。ベトナムで解放戦線が同時攻撃をしながらしだいに攻勢にでていたので、アメリカ軍は増兵につぐ増兵をおこない、沖縄からも兵隊たちはどんどん運ばれていった。アメリカ兵が沖縄から減り、ぼくらの街からも、しだいににぎわいが遠のいていったのだ。このままいくと、暇な兵隊相手のこの街はどうなるのだろうかと、ぼくらは真剣に顔をくもらせ、ささやきあった。ぼくらのクラブの広いホールは、ひび割れた感じのトランペットのソロがジュークボックスから流れるほかは、ひどく閑散としていた。時時くるアメリカ兵たちは、少しの飲物を前にして陽気に叫び声を上げるばかりで、すぐに帰っていった。

伸びきった時間をもてあまして、ぼくらボーイたちはカウンターのすみによりかかり、さまざまな雑談に没頭していた。ぼくらが肩をたたきあい、息をこもらせて、ひそひそ話の猥談《わいだん》のやりとりをしていると、マネージャーがやってきて、ぼくの肩に重くかさばった手をのせ、耳に口臭の強い息をふきこんだ。マネージャーの伸ばした指先の方向に、カウンターのすみにちぢこまって、ひとりウィスキーグラスをのぞきこみながらそれを振り、グラスにあたる氷の音に耳をそばだてている黒人がいた。ナア、オイ、アノ黒ンボハナ、ベトナム帰リナンダヨ。

ぼくはマネージャーの上役としての威厳を持った低い声にせきたてられ、つくり笑いに眼尻を下げながら、黒人のところに歩いていった。このクラブではぼくがいっとううまく英語を話すことができたので、いつでもこの役はぼくだった。実際、ベトナム帰りは金を持っていて、それでいて、どこかしみじみとしたとりつきにくいところがあった。ぼくらの街では彼等からなんとか金を引き出そうと、さまざまな対策をねっていた。それで、ぼくが、ホステスたちのまといつきを嫌って相手にならず、カウンターのすみでひとりちぢこまってウィスキーをなめている兵隊と、人生観というような空疎な論議をするために、クラブ中の全権を委任されて派遣されたのだ。

黒人の人なつこそうな黒い眼が、ヤアと言ってうなずきうなずき脇に立ったぼくを見た。

「これで……」言いながら彼はポケットから二十五セント銀貨をつまみだし、くるくるまわしてぼくにつきだした。「これを、ジュークボックスにほうりこんできてくれないか。ジャズなら、どんなものでもいい」

赤味を含んだ黒い唇の中で白い歯がひどく白いのを、彼に背をむけてからも眼の中に残像として感じながら、ぼくはひっそりと鳴りやんでいるジュークボックスに銀貨をほうりこんだ。いくつかのボタンを押して、ドラムのソロからベース、クラリネット、と鳴りだしたブルースにあわせてステップを踏みながら、彼のところにもどった。

「静かすぎて、音が少しもないってのは、たまったもんじゃない」彼はつぶやき、グラスをふるわして、溶けた氷にうすめられたウィスキーの底に視線を沈めた。「こんな時には、ジャズでも聞いていないことには、やりきれたもんじゃない」

「ばかに淋しげだぜ」

「誰だってこんな時はあるさ。ひとりで黙ってウィスキーでものんでいたい時がなあ」

「そうかい」ペットとサックスがからまりあってひとつのかたまりをつくっているジュークボックスからの叫びにあわせて、ぼくは軽く頭を振りながら言った。「しかし、ジャズってのはいいもんだなあ。特に、今夜のようにしみじみとした晩には、いいよなあ」

「おお、本当にそう思うかい」

「ああ、痛いように心の中に流れこんでくるっていった、そんな感じだなあ」

「そうだろう。あんたも、そう思っているのかい」彼は下目蓋《まぶた》をふくらまして眼を細め、指をぱちんと鳴らした。「ジャズってやつは、そういうもんだよ」グラスを傾けてウィスキーを流しこむと、彼の舌は急になめらかに回転をはじめ、言葉をはじきだすのだった。「憂鬱で、淋しくって、ひとりでいるには淋しすぎて、しみじみと誰かになぐさめてもらいたいような時にね、それでいて、そんな人はひとりだっていやしない時、ジャズが自然に聞こえてくるんだ。じっと唇を嚙んで、がまんして聞くんだ。そういう心で聞くジャズは、ほかの誰のためでもない、自分自身のためのジャズだよ。こういう風にひとりで苦いウィスキーをなめながら、固く眼をつぶり、ジャズを聞くんだ」彼は閉じていた眼を開き、はあっ、と熱い感動的な息をはき、黒光りするカウンターをくもらせるのだった。「そうすると、ああ、俺は、こんなになりながらも生きているんだなあって、涙ぐましい実感のようなものが、しっかりと俺をささえるんだ。まったく、俺はこんな中でよくやっている。こんなひどい中で、まったく俺はよくやっている。俺はジャズそのものだよ」彼はゆっくりとやさしい英語で、ひとつひとつを嚙みしめるように言ったので、ぼくは彼にむかって熱っぽく眼を輝かせた。彼が不意に異様なほど声を低めて言った。「ジャズは俺だ」

ぼくはその黒人と友人になった。彼の名はガイ・O・カアタアと言った。ぼくは彼とのさまざまなしんみりした話の中でうなずきあい、ウィスキーのグラスをいくつも重ねた。マネージャーは遠くからぼくにむかって、ヨクヤッタ、というような合図を送ってよこしたが、ぼくは聞こえないように鼻をフンと鳴らし、そんなマネージャーをひどく軽蔑したものだった。しかし、マネージャーは、ぼくの軽蔑をこめて鳴らす鼻からの声を少しも理解せず、満足にひきつるばかりの表情を優秀な部下たるぼくにむけていたので、ぼくももう少しで笑い出しそうになるのをこらえていた。

ガイ・O・カアタアは、安っぽい赤や青の電球が一列に並んで弱々しく沈んだようなホールの薄暗がりでも、きわだって黒くつやつやしていた。彼はたて続けにジュークボックスに銀貨をほうりこみ、ぼくは彼が交代にボタンを押しに出かけたりして、ぼくらのやりとりの背景に、ジャズをたやさないようにした。ぼくらはウィスキーになめらかになった舌をかわるがわる回転させ、言葉や笑いをはじきとばした。彼はこの歳までに、もういくつもの職業をとりかえていた。それは、ドラッグストアやスーパーマーケットの退屈な店員であったり、長距離トラックの徹夜でも睡《ねむ》けをものともしない運転手であったり、うだつの上がらない楽団のその中でもいっとううだつの上がらない見習いであったり、また、けっこう将来を見こまれたコックだったりした。今は、ベトナムでの見通しの暗い戦争から少しの休暇をもらって、沖縄でひっそりとウィスキーをのんでいる一等兵だった。

カウンターに両肘をつきながら何杯目かのウィスキーをのんでいる時、ぼくらのクラブには閉店時間がやってきたのだった。ぼくはすっかりうちとけたガイ・O・カアタアに、ぼくらのアパートの部屋にくるようにと誘うと、彼は白い歯を見せ肩をすぼめてOKの合図をした。仕事が終わった後のホールのそうじは明日ぼくが全部やるから、ということで同僚たちに了解をつけ、クラブを出る時、マネージャーがまわりこんでぼくの背中を勢いよくたたき、ヨクヤッタ、と大声で言ったので、振りむきざま、ぼくはふたたび根ぶかい軽蔑のとげを彼の蝶ネクタイにつきさした。

街燈が少なく真暗な倉庫地帯を危なげに通りぬけ、住宅が密生して静かな地域にあるぼくとミヨコのアパートは、まわりの家々と同様に、すっかり黒ずんでしまっていた。しかし、まわりこんで見ると、三階建ての最も上の端にあるぼくらの部屋だけが、あかりをなみなみとこぼれるようにたたえていた。ぼくはしだいにうきうきし、ガイ・O・カアタアの黒光りしている顔にむかって、口笛といっしょに指をぱちんと鳴らした。ブルースのステップを踏みながら階段を上り、廊下を通りぬけ、ぼくらはうきたつ笑いに身震いしてドアの前に立った。ぼくが爪先をかたかた床に打ちつけながらノックをすると、アア、Kデショウ、鍵ハカカッテナイカラ、勝手ニハイッテキナサイヨ、といつものミヨコの声がドアのむこう側からしたので、ぼくはガイ・O・カアタアとうなずきあい、ドアを押した。

扉を開けると、いい感じのコーヒーの香りがしたので、ぼくらは思わず鼻をひくひくさせ、胸一杯の空気をすいこんだ。ふたたびぼくらは笑いあい、部屋にはいっていった。ぼくらのすぐ前に、すっかり着物をとってしまったミヨコが立っていた。ミヨコはけたたましい悲鳴を上げたかと思うと、背中をむけ、大またで台所に走り、少しも聞きとれないひとかたまりの叫びをわめき散らしながら、ガイ・O・カアタアにコーヒー・カップを投げつけた。くるくる回りながらコーヒー・カップは彼の肩にあたり、にぶい音をこもらせ、床に落ちてくだけ散った。あまりに不意のことに、ぼくもガイ・O・カアタアもすっかり驚いてしまい、口をまるく開いて、しばらくは、その場に立ちつくしていたほどだった。ミヨコは髪をふり乱し、ふたたび大またで台所に走ったので、ぼくはあわててガイ・O・カアタアの厚くかさばった手をとり、扉の外に飛びだした。

ミヨコは部屋のすみで胸をおさえてしゃがみこみ、ちぢこまっていた。ガイ・O・カアタアを外に残してぼくがはいっていくと、ぎこちなく操り人形のように立ち上がり、ひとしきりすすり泣いたかと思うと、眼をつり上げ、ぼくに非難がましい言葉をぶつけるのだった。

「なによ、K、あなたは、この部屋を、なんだと思っているのよ」

握り拳を振りまわし、怒りに震えて波立つすっかり裸のミヨコの全身を見て、ぼくは噴きだしそうになり、喉まででかかった笑いのかたまりをあわててのみこんだ。ぼくはミヨコのぷるぷる震える乳房やひとつかみのしげみをながめまわし、眼をずらして怒りに赤らんだ顔を見た時、沸騰しかかっている怒りがぼくの全身につきささるのを感じ、すっかりあわててしまった。

「あんな黒んぼを、どうして連れてくるのよ。どうしてか言ってごらんなさい。こんな格好のわたしを、みせびらかしたいとでも言うの。わたしたちは約束したはずでしょう。ここには誰も連れてきちゃあいけないのに、K、あなたは、そんなことも分からないの？　え？　言ってごらんなさいよ。まったく、Kは、ばかなのね。よりによって、黒んぼなんかを……まったく、たまったもんではないわ」ミヨコはふたたびしゃがみこみ、肩を震わせてすすり泣きを床にこぼした。ぼくがひどい当惑に全身をひきつらせて、ぎこちなくミヨコの肩に手をのせ、ナア、と言って言葉をつまらせると、ミヨコは急に顔を上げてぼくをにらみ、言った。「まだ、おもてに立っているんでしょう。すぐに帰ってもらいなさいよ」

「でも、このまま、ガイ・O・カアタアをほうっておくことはできないなあ」ぼくはいつもと違って厳しくぼくをせめたてるミヨコの顔から眼をそらせ、すっかり自信をなくし、口ごもらせた。

「淋しがりやで、いい奴なんだからなあ」

「K、あなたは、この部屋に、あの黒んぼをいれるとでも言うの。それなら、あたしは、どうするの。このままの格好で、あの黒んぼに、コーヒーいれなさいとでも言うつもり？　いいわ、それなら、わたしがでていくわ」

言いながら、ミヨコは部屋中を歩きまわり、タンスの引出しをあけて下着をつめ始めたので、ぼくはより深まった当惑の熱気にすっかりくるまれ、あらあらしく下着をミヨコの身体からはぎとってほうり投げると、興奮に早口で言った。

「分かったよ。分かったよ。すぐに帰ってくる。とにかく、ガイ・O・カアタアをあのままにしておくことはできやしないからね」

ぼくはミヨコを抱きしめ、やさしく口づけしようとすると、ミヨコは首を振り腕を張ってぼくをおしのけた。なおもぼくはミヨコの腕をつかんで引きよせようとすると、ミヨコは、イヤヨ、イヤヨ、と髪をさかだてて顔を振りながら、ぼくに、ミヨコの身体からはぎとったうすも色の下着を投げつけた。ぼくは高まった興奮にわきたち、ミヨコの頬を掌でぱちんとたたいてしまった。激しくわめき散らしながら動きまわっていたミヨコは、こわれた玩具のように唐突に立ちつくしてぼくをにらんだ。ぼくは掌にこもった熱と痛みがじわじわと身体に広がるのを感じ、顔をそむけた。ミヨコが顔を歪《ゆが》ませて泣きかけた時、ぼくはドアをばたんと閉めて外に飛びだし、腕をたれ下げて立ちつくしていたガイ・O・カアタアにむかって、肩をすぼめ微笑みかけて言った。

「まったく、ぼくの妻ときたら」ぼくは日本語で言い、あわてて少しの誤りを持った英語に訂正した。「まったく、ぼくのワイフときたら、子供みたくて、こまっちまうんだ。とにかく、ご覧の通りだ。まったく、めちゃくちゃだよ。悪いけど、今夜は、部屋にはいってもらうことはできないんだ。ぼくのワイフが、ご機嫌ななめで、客が大嫌いだときている」

「特に黒んぼは、かい」ガイ・O・カアタアがうすく笑いながら、低く言った。「かわいい奥さんだからなあ」

「そういうわけじゃないよ」ぼくは口ごもった。「ワイフは、黒とか白とかには関係なく、とにかく、客が嫌いなんだ」ぼくはできるだけゆっくりと言い、笑いさえ浮かべた。「ここは、アメリカとは違うんだぜ」

耳をそばだてても、扉ひとつむこう側から物音ひとつしないことにますます不安をかきたてられ、ぼくは平手打ちをした掌に熱と痛みを感じていらだつのだった。エエイ、ぼくは扉にむかって舌打ちし、背をむけると、電燈の消えた階段を、手すりにもたれかかりながら危なげにのろのろ下りた。道路のアスファルトの上に立った時、ぼくはガイ・O・カアタアの暗がりの中でもいっそう黒光りした顔を見上げ、言った。

「本当に、ごめんな」

「たいしたことはないよ。何も、そう、気にすることはないぜ」

彼はボクシングの格好をし、しゅしゅと唾を飛ばしながら、暗い空気にむかってつぎつぎにパンチをくりだした。そして、一歩踏みこんではずみをつけ、見えない相手にとどめのアッパーを突きさした。

裸電球の街燈がわずかばかりの光をすいこまれるような暗がりに投げつけ、犬たちがうなり声をこぼしながら歩きまわる住宅街を通りぬけると、ぼくらの前に、おおいかぶさるように黒く不気味でさえある圧倒的な海があった。青味をたたえた空に浮かんでいる細いひとかけらの三日月は、けばだった波のひとひらひとひらに、黄味をたたえたか細い姿をキラキラと散在させていた。そして波たちの小きざみな叫びのなかに、時時、一面にとどろく遠くからの海鳴りを混ぜ、ぼくらを威圧しようとした。海の喉の奥からこもったように響いてくる低い海鳴りは、海自身のブルースだ。高くなり低くなり、海底をはいずりまわったかと思うと夜空にこだまし、それは、ベースの弦音だ。

ヘイ、K、走ロウ、走ルンダ、倒レルマデ走レ! ガイ・O・カアタアはぼくの肩をぽんとたたき、砂を蹴って走りだしたので、ぼくも上体を傾け、砂を蹴散らして走った。ガイ・O・カアタアは身体を左右に大きくゆすぶり、多量の蒸気をはきながらすさまじく速度を上げた。ぼくはあえぎあえぎ、ドキドキを喉元までこみ上がらせながら、しだいに遠のいていく彼の後姿を追った。しかし、彼との距離はますます空くばかりで、彼の後姿は暗闇の中に消え始めてうすぼんやりとしてきた。ぼくはやけっぱちになり、砂の上に身を投げだし横たわった。ぼくの上におびただしい星がおおいかぶさり、針先のように輝いていた。

「ヘイ・K」ぼくのわきに、ガイ・O・カアタアが立っていた。下から見上げると、彼はひどいのっぽの巨人のように見え、彼の黒い頭は、夜の中に溶けこんでいた。「K、どうしたんだ、弱虫め」

「やかましいぞ、ガイ・O・カアタア」

ぼくは横っとびに飛んで彼の脚に組みつき、砂の粒粒をまき上げながらずしんと横倒した彼の上に馬乗りになった。彼は、オウ・ノウ、とか言いながら力をぬいてぼくのいいなりになっていたので、ぼくは彼の上でとびはねながら、すっかり有頂天だった。

ふと眼をそらすと、水平線近くに流れ星がひとつ、短く燃えつきて海に消えた。海はひたひたとおしよせる満潮で、気が遠くなるほどはるかかなたの海鳴りをうちしたがえて、いつまでも海のブルースを続けていた。

「俺はなあ」ガイ・O・カアタアがひとつかみの砂を海にむかって投げると、ぼくらは並んでねころんだ。「明後日になると、また戦争に行かなくちゃならないんだ。逆もどりさ。どうしようもない。あんな所は、もう、うんざりだぜ。なあ、ジョン、こんな静かな晩、お前は何をやってるんだい」

「ジョン……」

「ああ、いい奴だったなあ。親友だ。餓鬼の頃からのなあ。でも、死んじまって。まったく、運の悪い奴だぜ」ぼくはうすく黄色い月の光にふちどりされた彼の横顔を見た。彼の瞳の中にいくつかの星がはいっていて、その瞳は、ずっと遠くを見ていた。「まったく、気狂いじみてやがる。あんな中から脱けだして、こうして寝ころがって、静かな波の音を聞いてるっていうのは、何かこう間がぬけた感じで、本当に、どこがこんがらがっちまったのか、信じられないって感じだ」彼は眉をずりあげてひとかたまりの溜息をはくと、タバコをとりだして火をつけた。マッチの小さな火は、夜の中から黒く沈んだ顔を浮かび上がらせ、すぐに消えた。「明後日になると、とにかく、どう転んだって、俺は、逆もどりだぜ」

そっと眼を閉じると、海のブルースがしみいるように響いていた。弱い風が音もなくふきぬけていき、ぼくはひんやりした風を胸いっぱいにすいこみ、はきだした。波の音ばかりが、浜辺のぼくらを包み、脅かし、やさしくなめまわしていた。そんな風にして、言葉のやりとりもせずに、どれくらいの間、ぼくらは唇をむすんでいたろう。突然、山の方角からかすかな爆音が眼を閉じたぼくらの耳の中にこだまし、しだいに、すさまじいほどに高鳴ってきた。ぼくらは思わず耳をおさえた。満ちつつある波をますます震わせて、赤や青に点滅するライトを両翼の先端につけて黒ずんだジェット機が、三角の編隊を組んで、横たわったぼくらの上を飛び越え、またたく間に遠ざかっていった。

終夜営業のスナックで少しのジンをのむと、ぼくはガイ・O・カアタアと別れた。すっかり朝になっていた。

幾分の不安に足をもつれさせてアパートの階段を上り、ドアの把手《とって》に手をかけ力をこめて押すと、それはすいこまれるようにあっけなく開いた。部屋の中はまったく静かで、ぼくはしばらくの間声もたてずに立ちつくし、犬のように身震いした。ミヨコはすっかり裸で、毛布もかけずベッドにうつぶせに眠りこんでいた。ネエ、ミヨコ、ミヨコ……ぼくはミヨコの尻に軽くさわって言い、ベッドの下にまるめられている毛布をとってかけた。やがて、ぼくも着物をとり、ミヨコの毛布にもぐりこんだ。ぼくの冷えた身体がミヨコの身体にさわった時、ミヨコはあえぐ声をかすかに開いた唇の間からもらしたので、ぼくは、ミヨコが眠ったふりをしている、と思い、ミヨコの横顔をじっと見た。しかし、寝息がはっきりと聞こえ、ぼくはほっと安堵の息をはき、髪の上からミヨコの額に唇でさわると、静かに眼の蓋を閉じた。さまざまな方向から疲れが、身体中を虫のようにはいまわっているのをかすかに感じながら、ぼくは眠りこんだ。寝すごしてしまった。外には闇が流れ始め、それがカーテンの隙間から音もなくはいってきた。ぼくは眼をこらして腕時計をのぞきこむと、あわててベッドから飛びあがり、電燈のスイッチをひねった。ミヨコの名を二、三度よんだが、ぼくの声はあっけなく部屋の壁や窓にすいこまれ、消えてしまった。

テーブルの上にサンドイッチがつくられているのを見た時、ぼくはもう少しで涙をこぼしてしまうところだった。チーズやハムやトマトをはさんできれいに並べられたパンの堆積のわきに、赤いケチャップ料理と、ポットが置いてあり、ぼくはカップに湯を注いで粉末のコーヒーを溶かすと、サンドイッチをほおばった。ぼくは、あれほどぼくを苦しめたケチャップ料理をあっけなく食べてしまったことに気づき、ふたたび、いつものミヨコの笑顔を思い出した。そして、服を着こんで髪を整えると、あわてて仕事場へと急いだ。

ネクタイをだらしなく首にまきつけてあえぎながら、一時間以上もの遅刻をして、ぼくが騒がしくクラブにはいっていくと、ホールはひどく閑散としていた。ぼくは力をそがれた。ボーイやホステスたちはカウンターにもたれかかり、いくつものあくびを混ぜながら、雑談に夢中になっていて、マネージャーばかりがホール中を歩きまわり、ひとりいらだっていた。

二、三組の儲《もう》けにならない客を送りだした頃、チャアリイがしたたか酔ってしゃっくりをしながらやってきて、端のボックスに力なくうなだれて坐りこんでしまった。ナオミが心配そうに眉に皺《しわ》をよせ、それでも嬉しさをかくしきれずに口元あたりに笑いを浮かべ、冷たく氷づけにされたおしぼりを握りしめて、彼のところに走っていった。チャアリイはウィスキーのストレートを注文し、それを一息でのんでしまうと、あらく肩で息をした。そして不意に立ち上がり、テーブルにあった空のウィスキーグラスを床にはじけさせ、演説口調の大声を張り上げた。「なあ、いいか、もうじき、俺は、ベトナム行きだぜ。俺は、はるばると、ペンシルバニアから、戦争しにやってきたんだからなあ」彼はウィスキーのストレートをふたたび注文し、喉を波立たせて一気にのみ、激しく咳込んで、ヒイヒイという声を喉の奥からしぼりだした。彼は激しい咳込みに赤らんだ顔を上げ、幾分どもりながら、言葉を続けた。「そうだよ。俺は、もうじき、ベトナムだ。俺は、俺は、二等兵だからなあ。だから、もう、お別れだぜ」

チャアリイは規律正しい兵隊の格好で脚と背筋を硬直したように伸ばし、顎を引いて、ホール中に散らばっているぼくらひとりひとりに敬礼をし、彼のすぐわきに立っているナオミに最後の敬礼をすると、ナオミの額に軽くキスをして微笑みかけ、ひとつしゃっくりをして、のろのろと便所にはいっていった。

チャアリイは便所からでてくると、しんみりと黙りこくっているホールを横ぎり、ナオミの前に立って力なく笑うと、背中をむけて出口の方に歩いていった。しばらく後、唐突にナオミがけたたましい声で、二度三度チャアリイの名を呼び、すいよせられるようにチャアリイの後を追った。ナオミの影がドアのむこうに消えると、ぼくらはしばらくの間、少しも動かずに息をつめていた。その夜、ナオミは帰らなかった。

ガイ・O・カアタアが口笛をふきながらやってきたのは、夜も静かにおしつまり、暇をもてあまして長い一日を送ったぼくらのクラブが、戸締りのシャッターをおろそうかと思い始めるころだった。彼はウオッカのストレートを水なしで一杯のみ、ぼくらボーイたちにビールをふるまった。彼は二杯目のウオッカを一口で軽々とのみ、空になったグラスをふたたびカウンターに走らせた。マネージャーがにこやかな笑顔でもみ手をしながらガイ・O・カアタアに閉店時間がもう七分もすぎたことを知らせると、彼はボーイたちを呼んで銀貨を握らせ、後かたづけの仕事をぼくの分までするようにと、やさしい英語で言った。銀貨をポケットの中ですりあわせ数えて曖昧にうなずく彼等を見ながら、ぼくとガイ・O・カアタアはかたづけ始めたクラブを後にした。

ガイ・O・カアタアが軍から借りてきた車は大型の乗用車だったが、ヘッドライトのわきに大きなへこみがあり、ところどころ塗装がはげたりして、ひどく見ばえのしないやつだった。アダンやソテツが黒ずんだ人影のようにある海岸づたいの、ゆっくりしたしばらくのドライブをしてから、ぼくらの大型車は一号線にはいり、車がまばらで広く冷たく見える街道を、一気に走りぬけた。ネオンのまたたきがにじむ夜空の下は、コザだった。ぼくらはジャズの聞けるコザのスナックで、長い時間かけてウィスキーをのんだ。

太陽がまだ光をまき散らさない明け方の海は、濃い藍色によどみ、波ばかりが異様にこもった音で砂浜にまつわりついていた。星や月は輝きを失ってぼやけ、沖に浮いている貨物船の舷燈が、弱く光って夜の名残りをとどめていた。やがて、だいだい色の眩しい光がキラキラまたたきながら海面に走ると、水平線のむこう側から太陽が頭をのぞかせてきた。音もない、厳粛な夜明けの瞬間だ。星も月も舷燈も、すべて夜に光るものは色あせ、かわりに、雲や波や貨物船といったものが鮮かに色彩をおびてくる。しだいに太陽が形を整えてくると、あたりはだいだい色にぬりこめられ、火照ってくる。海は真新しい光を充分にすいこみ、空も、明るく熱をおびてくる。輝くばかりの新しく始まってすぐの一日、白く眩しい砂浜のへりまでぼくらは車を乗りつけ、胸いっぱいの光をすいこみ、陽気な声を上げながら車からとびだした。

「ヘイ、K、走るぞ。遅れるな」ガイ・O・カアタアは身体を揺すぶって走りだしながら、後むきにぼくに言った。「走れ！　走れ！」

ぼくはせわしく脚を動かして走りだし、ガイ・O・カアタアに追いすがった。彼は大またでゆっくり飛ぶように脚を前に出し、ぼくの速度にあわせていた。ぼくは歯をくいしばって速度を上げ、いくらか彼をひき離すと、思わずあえぎの中で笑いをもらした。その時、背後にまわりこんだガイ・O・カアタアが、突然、ぼくの腰に腕をまわしてぼくに組みついた。ぼくはだらしなくうつぶせに転倒した。倒れながら、彼が言った。

「この前のおかえしだ」

ぼくは身体中を激しく波だたせながら顔を砂にうずめ、あらあらしく息を砂にむかってはいた。ぼくの息のとどく範囲の砂はふきとばされ、蟻地獄のような円錐《えんすい》形の穴ができたほどだった。ガイ・O・カアタアもはあはあと息をぼくの首筋にかけながら、背中の方から手をまわしてしっかりとぼくをおさえつけたので、ぼくは腕や脚を虫のように砂浜にたたきつけるばかりで、少しの身動きもできないのだ。ガイ・O・カアタアの様子がただごとでないことに気づいたのは、それからすぐ、太陽がすっかり形を整えてしまい、手のとどかないくらいの高みに登りつつある時だった。彼がぼくの首筋に顎をぐいぐいおしつけて湿った息をはきかけ、彼の太い指が素早く動いてぼくのジッパーを開き、セクスにさわったのだ。ぼくは驚き喉をつまらせてかすれた悲鳴をあげ、飛びあがった。ガイ・O・カアタアの太い指が、ぼくのセクスの先端をつまんだ。ヤメロヨ、ヤメロヨ、ぼくはたくさんの唾を飛ばしながら、日本語で怒鳴った。しかし、彼はぼくの首筋に硬く短い髭の植わった顎のやすりをこすりつけ、彼の指は、ぼくのセクスをますます強くさわるのだ。アア、ヤメテクレ、ぼくは日本語と英語を混ぜこぜにし、当惑の熱気にくるまれていた。

鋭敏なぼくのセクスは、黒く冷たいガイ・O・カアタアの掌の中に握りしめられ、しだいに熱く充血してくるのに、セクス以外のぼくは彼におしつぶされ、ピンでとめられた虫のように、地面にへばりつかされているのだ。ぼくはぐったりと全身の力をぬき、エエイ！　と叫んで力をこめると、ガイ・O・カアタアの身体のおもしがかしいだ。ぼくはうまい具合にくぐりぬけ、素早く立ち上がり、砂を蹴って走った。しかし、走りよろけたりしながらセクスをジッパーの中にしまいこんだとたん、ぼくは追いつかれた。無理だと分かりながらガイ・O・カアタアを振りきろうと、歯をむきだして走るぼくの脇で、走りながらガイ・O・カアタアは、出す息の間からきれぎれの言葉をぼくに送った。

「どうした？　俺が恐いか？　死にかかってる黒んぼが恐ろしいのか？」

ガイ・O・カアタアとしばらく並んで走りながら、ぼくは勝目のない競走に疲れはて、息をきらして立ち止まった。ガイ・O・カアタアは砂を地面にたたきつけ、少しのあえぎを混ぜて言った。

「俺は何をやってもいい人間なんだ。許されるんだ。もうじき死ぬんだからな。Kは俺の掌の中にいるんだぞ」

すでに、太陽はいちだんと輝いて光をふりそそぎ、海はとび色に染まり、樹々は、弱い風にも震える濃い緑になっていた。ぼくとガイ・O・カアタアはおたがいに顔をそむけあいながら黙りこみ、車に乗りこんだ。海の見える道づたいに五分ほど走ると、小さなドライブインがあった。そこは低い崖の上にあり、海の浅瀬に柱をつきたて、その上にかぶさるように小屋が乗っていた。小屋のわきには白っぽい崖をけずった階段がついていて、その下に三十ほどの赤いボートがロープで首飾りのようにつないであったが、今は干潮の時だったので、すっかり干上がっておびただしい小さな穴ぼこを見せている平らな岩の上に、ボートはだらしなく並べられていた。

ぼくはガイ・O・カアタアに対してひどく用心深くなり、彼との間にいつでも逃げだせるに充分な距離をとって、小屋にはいっていった。板きれをうちつけてつくった粗末な小屋の中央部に、きれいにみがかれた不釣合なジュークボックスが置いてあり、テノールの歌謡曲が響き渡り、遠浅ではるかに遠のいた波の音をかき消していた。ぼくらが気まずい鳥肌にくるまれながら、小屋のいちばん端の海の見える席に行こうとすると、ジュークボックスのすぐ前の席にいる三人の沖縄男が、いっせいにぼくらを手招きし、ビールをのんでいる彼等のグループになるようにと合図をしてきた。ぼくには、願ってもないことだった。ぼくとガイ・O・カアタアがうつむきあって苦いビールをのみながら、おたがいに気まずいやすりをかけあうのは、もうほとんど確実だった。ぼくは彼等からの合図を、充分な受けいれを意味する笑顔でうけとめ、ガイ・O・カアタアに背をむけてさっさと近づいていくと、彼等はオウと言って椅子をふたつとりよせ、おたがいの間隔をつめてぼくらのための場所をつくった。

「この人は、兵隊さんだろ」丸首シャツの男がぼくに小声の日本語で言った。「もちろん、そうだよなあ」

「あんた、通訳してくれるかい」鼻の頭の赤くつやつやした男が、ぼくとガイ・O・カアタアの前に彼等ののみかけのコップを並べ、ビールをつぎながら言った。「言いたいことがあるのに、俺たちは、英語はだめさ」

「いいとも」ぼくらは彼等のふるまいのビールを持上げ、乾杯！　と英語で言いながらコップをふれあわせ、喉を波うたせて一気にのみくだした。「どんなことでも言ってみな」

「そうかい」

「言ってみなよ」

「まずだなあ、カンパしようじゃないか。ビールがきれちまって、いけねえやな」

ぼくはうなずいてポケットから皺くちゃの一ドル紙幣をとりだし、ぼくらのやりとりの意味をはかりかねてただ笑っているガイ・O・カアタアに、イクラデモ、イインダ、とおだやかに言った。彼はしばらくズボンのポケットをごそごそやっていたが、黒く太い指の間にまるまった紙幣をはさみ、テーブルの上に無造作に置いた。丸首シャツが、オオ、グーネ、と言いながら、ていねいに紙幣の皺を伸ばした。よれよれの一ドル紙幣が四枚だった。

新しいビールをコップについで一口で喉の中に流しこむと、丸首シャツはテーブルの上の銀貨をひとつつまんで立ち上がり、ジュークボックスにほうりこんだ。ひどく高いテノールの歌謡曲が流れ始め、ガイ・O・カアタアは指の爪をかわるがわるテーブルに打ちつけて調子をとり、ハミングした。ぼくらの島ではよく流行《はや》っている歌謡曲だったが、彼のハミングはひどく調子のはずれたものだった。そんな風に愛嬌をふりまく奇妙な黒人の一等兵を前にして、ぼくらは肩をふるわしてくすくす笑いをすると、彼もニヤリと白い歯を見せたので、ぼくらは手に持ったコップのビールをわきたたせてこぼしながら、高笑いの表皮にくるまれた。ぼくらはビールをつぎあいながら、すっかり、友好的な気分の中にいた。ぼくらはひきつづき順番に得意な歌を歌い、おやじを幾度も呼びつけて、次々にビールを注文した。ビールがきれかかった時、ガイ・O・カアタアがポケットから十ドル紙幣をテーブルに広げた。ぼくらはピューッと口笛の合唱をし、彼にまばらな拍手を送った。

「いい指輪をしているなあ」赤鼻がガイ・O・カアタアの薬指にからみついている指輪を指さし、さわりながら言った。「やけに光っているけど、本物かい？」

「もちろんだ」ガイ・O・カアタアの言うのとほとんどあわせて、ぼくは速く舌を回転させ、通訳した。「虎の目石だよ」

へエ、上等なモノダ、言いながら赤鼻が、得意げに鼻を鳴らしガイ・O・カアタアから渡された指輪を薬指にはめると、それはほとんど指にさわらないくらいに大きかった。らくらく上下に移動する指輪を見て、ぼくらはふたたび腹をかかえての大笑いをした。まったくぼくらはうちとけていて、唇を少し開くと、笑いが自然にこぼれてきた。赤鼻は指先につまんで別のひとりに指輪を渡すと、チョット失礼、と言ってテーブルを立った。陽気さを配ってまわりながら酔いが、ぼくらの身体中を駆けめぐっていた。さまざまな歌が次々にぼくらの喉の奥から飛びだし、ガイ・O・カアタアは、古い民謡を肩を振り指を振って大きく歌っていた。丸首シャツが便所に立ち、残りのひとりが、オカシイナ、チョット見テクル、と言って席を立った時も、ぼくもガイ・O・カアタアも、口をすぼめてビールをすすりながら、ジュークボックスに銀貨をほうりこみ続け、まったく、陽気さと酔いとで盲になってしまっていた。

コレハ、オカシイ、ぼくらがようやくかすかな疑いの芽を持ち始めたのは、彼等三人が別々の理由で席を立ってから、しばらく後だった。ぼくらは醒めきって歌をやめ、店のおやじを呼んで彼等の行方を聞いてみても、彼は汚れた前かけに手をくるみながら、知ラナイ、知ラナイ、とくりかえしくりかえし激しく首を振ってばかりいた。彼等はうまいやり方で、十ドル紙幣と指輪といっしょに、ぼくらの前から姿をかくしてしまった。

「ああ」ぼくはおろおろして狼狽《ろうばい》の虫を走らせ、立ち上がり、また坐った。「すっかり、やられてしまったなあ」

「畜生、糞《くそ》くらえ!」ガイ・O・カアタアは紫色の唇をめくり上げ、嚙みしめた白い歯を見せながら、空になったビール壜を海めがけてほうり投げた。「殺してやる」彼は人差し指のナイフを黒い喉におしあて、爪をたてて十字を切った。「ナイフで、奴等の喉を破ってやる。遠慮はいらない。俺は、殺るぞ！」

「あれは、その、あんたにとって」ぼくは、こめかみをぴくぴく震わせ怒りのかたまりになって今にもあれ狂いそうなガイ・O・カアタアに思わず眼をふせ、幾分どもり気味に言葉を並べた。

「あの、金の指輪は、あんたにとって、大切なものなのかい」

「ジョンの形見だ。ジョンはほんの三日前に、戦争で死んじまった。ほんの三日前だぜ。餓鬼の頃からの親友の、たったひとつの形見よ。ジョン、すまない、糞！」ガイ・O・カアタアは眼を大きく見開いて海と空を見、額に血管を浮かび上がらせた顔を歪ませて、ふたたび、ナイフで喉を切裂くまねをした。「俺は、絶対に、殺すぜ。虫めが！」

「落着けよ。ガイ・O・カアタア」

「俺は、もう、ベトナム行きだ。戦争に行かなくちゃいけないんだ。だからなあ、今度帰ってきたら、ただじゃおかないぜ。なあ、そうだろう。生かしちゃおかない」

低い声で言いながら、ガイ・O・カアタアは、にせナイフで何度も喉を切るまねをした。

元気かい、K。休養のため、後方の補給基地にいる。まだ生きてるって感じだ。またたく間に、時間が飛んでいっちまう。オキナワでは、今から思うと、いろんなことがあったぜ。今度

は、一応、連絡だけにする。グッド・バイ

ガイ・O・カアタア

『ターコイズ・ブルーの海』と、その絵はがきには説明されていた。鮮かなペイントを溶かしたとび色のサンゴ礁の海、輝くばかりの眩しく白い砂浜、磁器ににた色とひびきを持ったサンゴのかけら、ぬけるように青い空、幾分まるみを持った水平線が空の青と海の青とを区切り、絵はがきに耳をあてると、波のざわめきが聞こえてくるようだ。ヤシの林がゆるやかな風になびいてさわさわとかすかな音をたて、ベトナムの浜辺はおだやかに息づいている。遠いベトナム、そう、ベトナム、ぼくらの街、ぼくらの島、沖縄と少しのかわりもない、限りなく美しい海と空。ぼくはガイ・O・カアタアからの絵はがきをうっとりとながめ、何度も裏返して、ボールペンの走り書きを追う。

ヘイ、K。また、前線にもどった。もっとゆっくりしていたかった。こんなことをやってる間に、時間をつかいはたして、気がついたら、よぼよぼのじいさんになっちまってるんじゃないか、などと考えたりすると、いやんなっちまう。まあ、じいさんになるまで生きていられたらの話だが。

ジャングルを薬で枯れさせてつくった丘陵地帯、遠くまで見渡せる一番高い丘の上に、俺たちの基地はある。なんとものさびしく、基地はとげとげの鉄網にぐるりとかこまれ、兵舎の窓から見ると、俺たちが自分自身をとじこめてしまったように見えてしまう。敵の攻撃もことうぶんなく、静かだ。奇妙な静かさ。今は夜だが、鳥も虫も鳴かず、風もなく、銃声もなく、ヘリも飛行機も飛ばない。世界中が止まったみたいで、何もかもが、死んじまったようだ。草までが地面にへばりついて、全然、動こうとはしない。これは、一体、どうしたというんだ。静かすぎる。こんなことは、まったく、始めてだ。俺たちはどんなところにいたって、何かの音は聞いているものだろう。風とか虫とか人間の声とか、なんとかかんとかの音を、いつだって、聞いているものなんだ。なあ、この世の中というのは、そういったものだろう。ところが、この頃ときたひには、何も聞こえてこないんだ。つんぼになったのかと思って、口笛を吹いてみた。ただ、ピイ、とためしに吹いてみただけなのに、すさまじいばかりに響き渡るんだ。理由が分かった。誰もかれも、何もかもが、草も虫も丘も人間も鳥も風も鉄条網も、全部がもうすっかり静けさにのみこまれちまって、身動きもせずに、じっとちぢこまってるんだ。身震いするばかりの重々しさだ。いいか、息をするのも、タバコをすうのも、はばかられるといった具合なんだぜ。俺はもうとっくに死んじまっているんじゃないか、などと思ったりする。人間は、死んだら、こんなになるのだろうか。ただ息をつめて、じっとしているだけ。動くものだってない。いやな静けさだ。これは、言っとくけど、ジャズだってブルースだって通りこしちまったものだ。スピリッチアルとか、ハラーズとかいっても、結局は、音にすることができるんだよ。ところが、こうなると、もう、一言だって口をきけない。黙りこんでるしかないんだ。こういう中にいると、ブルースなんて、生ぬるいって気がしてくる。

これが、この頃考えていることだ。俺は、こんなことばかり考えているんだぜ。俺がどんなになっているか、大体さっしがつくというもんだろう。まあ、ともかく、今は生きていて、こうして、手紙を書いているんだ。グッド・バイ

ガイ・O・カアタア

「カーテンをとりかえたの。レモン色のよりも水玉の方がいいでしょう」ミヨコがぼくの髪に櫛をいれながら言う。「たまには、気分がえしなくてはね。こんなもの、安いんだもの。気がむいたら、また買ってくるわ。ふたつかみっつ用意しといて、一週間おきにかえるなんていうのも、いいかもしれないわね。ねえ、ここんとこ、どうする?」

「つむじは、うまいこと、かくしてくれよなあ。髪の毛を後にまわしたりしてさ」

ぼくは自分の頭を掌で柔らかくさわりながら、鏡をのぞきこむ。太陽のあたたかな光が部屋中に満ちあふれている午後、ぼくらはふたりだけの時を、静かにすごしている。ぼくはミヨコの小さな三面鏡の前に坐り、ミヨコに散髪してもらっている。巻貝のように密閉されたぼくらの部屋で、いつものように、ぼくらはすっかり裸だ。ミヨコは櫛とハサミを持ってぼくの髪型をかえることに夢中になり、ハサミをかちゃかちゃさせながらぼくのまわりをいったりきたり

している。

「なあ、いつか話したろう、ほら、ガイ・O・カアタアから指輪を盗った奴等のこと」

ぼくはミヨコの背中を指先でつつく。

「この部屋に踏みこんだただひとりの人間で、しかも、黒んぼですもの、忘れるわけがないわ。その黒んぼが、どうかしたの」

「ガイ・O・カアタアのことじゃなくて、彼から指輪をだましとった奴等のことなんだ。その奴等がなあ、痛い！」

「あら、ごめんなさい、ていねいにやっているつもりなのにね、ハサミが切れないのがいけないんだわ」

「痛いなあ。もっと、注意して、心をこめて、ていねいにやってくれよなあ。あんまりひどくすると、このまま、床屋に行っちゃうぜ。頭にタオルを巻きつけて」

「そんなに痛かった？　本当にごめんなさいね。これから、もっと注意するから、動かないでいるのよ。それで、どうしたの、指輪の話」

「ああ、指輪ね、ガイ・O・カアタアから指輪を盗った奴等を、昨夜、ぼくは、見つけたんだよ。通りを歩いてたら、偶然に出会ったんだ。奴等はふたり連れだったけど、ぼくは奴等に問いつめたんだ。そしたら、奴等、何て言ったと思う？」

「知らないわ。ねえ、ここんとこ、どうしようか」

「あまり短くしないで、まあ、適当にやってくれよ。それがね、奴等は、今は、一セントだって持っちゃいない、と威張ってやがるんだ。おまけに、あの指輪はとんでもないにせもので、真ちゅうかなにかだっていうんだ。石も、虎の目なんてとんでもなくて、ガラス玉だって、痛い！　……ああ、痛いなあ」

「あら、ごめんなさいね」

「奴等があんまり威張ってるもんで、ぼくは頭にきて、もう少しでなぐりかかるところだった。でも、奴等はふたりだったからなあ、反対にやられそうだったから、やめちゃった」

「本当に、指輪、にせものだったのかしら」

「ガイ・O・カアタアは、奴等を殺してやるなんて息まいてたから、実際に殺されたんじゃ、どうにも大変なことになっちゃうだろう。だから、せめてにせものでもいいからとりかえそうとしたら、奴等め、何処かに捨てちゃった、と言いやがる。むこうはふたりだし、ガイ・O・カアタアでもいれば別だけど、ぼくひとりじゃ、まったく、どうにもならないさ」

「前髪は、たらしておく？」アア、ミヨコを鏡の中に見て、ぼくは頭を動かさないように返事をする。短いいくつもの髪が、キラキラと光を浮かべながら顔にそって落ちていく。「あなたの髪は、細くて柔らかくて、まるで女の子の髪みたいなのね。痛い？」

イイヤ、ぼくが首を軽く振ると、こまかい髪の破片がくるくるまわりながら落ちていく。ミヨコは両手でぼくの頭をしっかりと固定すると、動イテハ、イケマセン、とたしなめる口調で言う。

「なあ、格好よくやってくれよなあ」ぼくがミヨコの尻に指をぱたぱたさせながら言ったとたん、片方のもみあげがばさりと切り落とされ、ぼくの肩にはらはらとふりかかる。鏡の中のぼくの顔は、片びっこのもみあげでつりあいがとれず、ひどくみっともなくなっている。「ひでえことをするなあ。ひでえなあ」

ぼくは椅子を蹴って立ち上がり、身体中に植わった毛をまき散らしながら、逃げるミヨコの後を追う。ミヨコは、ウワ、ゴメン、ゴメン、と言って櫛とハサミを持ったまま部屋中を逃げまわり、テーブルや椅子のわきを器用にくぐりぬける。しかし、すぐに、追いすがったぼくに組みふせられてしまい、櫛とハサミをほうり出し、脚をばたばたさせて、自分のもみ上げのあたりを両手でおおう。

「なあ、覚悟しろよなあ」ぼくは言いながら手を伸ばして櫛をとりよせ、もみ上げをおさえていたミヨコの両手を腋下をくすぐってはずし、そのあたりの髪を整え始める。「覚悟はいいな」

「やめて、ねえ、お願い、それはやめて、みっともなくなってしまうわ」

「みっともないだって?」ぼくは腹の上に馬乗りになって足でミヨコの両腕をおさえ、皮肉っぽく言う。「ひどいことを言うじゃないか」

ウワ、許シテ、ゴメン、ゴメン、ミヨコは顔を激しくゆすりながら言い、ぼくの足のおさえからのがれた片手で力をこめてぼくのセクスを握りしめた。ぼくはギャッとけたたましい叫び声を上げて、飛びあがってしまう。ぼくがうめき声すら上げて床にうずくまったすきに、ミヨコはぼくの下からするりとぬけ、うつむきまるめたぼくの背中を柔らかくなぜる。私、ヒドイ事ヲ、シテシマッタワ、本当ニ、ゴメンナサイネ。やさしく言いながら、ミヨコの細い腕が脇腹をかすめてぼくの下腹部に伸びてきたので、ぼくはふたたび、キャッと言って飛びのく。あわててその手を払いのけようとすると、今度は反対側から別の手がそっと伸びてきて、ぼくのセクスをさわろうとする。ぼくはもうすっかりあきれはて、大きく溜息をついたりする。しかし、ミヨコの手はなめらかでやさしい。ミヨコの手が風のように繊細にぼくのセクスを包んだので、ぼくのセクスは単子葉植物の芽のように逞しく勃起し、ぼくはすっかりあわてるが、やがて、ぼくは自分でも奇妙に思えるほどの獣めいた声をだして、ミヨコに襲いかかる。ミヨコはうふうふと笑いながらぼくのいうなりになり、ぼくの愛撫にこたえている。ぼくはミヨコの乳の上に舌をはわせ、乳首を口にふくむ。ミヨコは細い指をぼくの髪の中や耳の中にいれ、ぼくの耳の穴にしゅうしゅうと息をふきこむのだ。

ミヨコの身体に力がこもり、力がぬけ、汗ばんで少しの痙攣を始めると、あの海のにおいがぼくをつつむのだ。柔らかい風に運ばれてくるさわやかなにおいが、ぼくは好きでたまらない。ああ、あの海のにおい、海のにおい、遠くはてしない海だ。海、海、ぼくはつぶやきをこぼしながら、ミヨコの身体に鼻をこすりつけ、かぎまわる、海、あの、気の遠くなる神秘的な海、おおきくうねり、やさしく、強く、すべてをのみこんで、星を浮かべ、沈め、逞しく隆起しては急激に落ちこみ、はてしなく続き、広がり、ぼくらを、ぼくらの島をつつみこんで、あらあらしく洗いたて、ママのようにやさしくぼくらを見守り、狂暴な台風を運んでは心の底からぼくらを揺すぶり、愛をただよわせる、おお、海、海、あおい、とび色に輝く、いくつもの波の山々を起こし、くだけ散っては白い潮のざわめきをわきたて、さわやかなかおりを運ぶ、逞しく、やさしい海……ぼくをのみこむことをせよ！　……東シナ海の豊かなあお、羊水のようなぬくもりの中で過ごす色とりどりの魚たち、ぼくら……ああ、ミヨコ、ほら、海だよ、海、お前は海だ、ぼくをのみこむ海だ、聞こえるかい、波の音だ、ほら、いつまでも、いつまでもくりかえす、あてどもない波の音だ、大好きな海、ミヨコ、ああ、あああ、好きだ、あのかおり、色、潮騒、確かに海のにおい、ほら、海だよ、海、海、……ミヨコ……ほら、海をつかまえた……

　素晴しい時だった。ぼくらがこんなにもひとつになったのは、もう、幾日ぶりだったろう。ひとつの高まった行為のすんだしばらくの間、ぼくらは依然として夢の中を歩き続け、おりかさなって動かずにいる。ぼくらは耳をそばだて、海の呼び声を聞いているのだ。波の音がしだいに遠のいて、ふたたびぼくらはいつもの場所にもどってくると、ぼくはミヨコの上からおりて隣に横たわり、汗の粒粒の浮かんだミヨコの鼻の頭を指でさわる。ぼくらの胸は大きく波うち、ぼくらは満足の息を、天井にむかって火山のように噴き上げる。まったく、素晴しい時だった。

ぼくはミヨコの瞼《まぶた》が小きざみに動いているのを感じ、その方にうっすらと眼をやると、一列に植わった睫《まつげ》の間から、やさしい透明な水の玉が湧き上がっているのを見る。それが眼のくぼみにいっぱいたまってあふれだすと、頬をつたってぼくの頬を濡らすのだ。モウ、離レナイワ、絶対ニ、離レナイワ、ミヨコは身体をまわしてすがりつき、頬をおしつけ、幾度もくりかえす。決シテ、離レタリシナイ、絶対ニ、離レナイワ。とめどもなく涙を流すミヨコの強い抱擁にこたえながら、ぼくは身体中に感動的な熱い力が満ちあふれてくるのを感じ、より強く、ミヨコを引寄せて抱きしめる。

シャワー室で頭からぬるま湯の糸をかぶりながら、ぼくらはたがいの身体を洗いあう。シャワーをとめて、シャンプーの泡につつまれスポンジで身体をこすりあう。そして、唇をかさね、舌をからませてシャワーをかぶり、白い泡をすっかり流してしまうと、微笑みあう。タオルに身体中の水滴をすいとらせながら、ぼくはミヨコの身体を見る。しなやかな肩から胸、腰にかけてのふくらみを持った線が、ぼくは好きだ。

夢の中にもにた柔らかなベッドの中で、しっかりと結びついたおたがいの存在を確かめるため、指をからませあいながら、浅い眠りの中にぼくらは溶けこんでいく。さまざまな出来事が、さまざまな叫び声となってぼくらをとりまいている部屋の外、ぼくらは弱々しい小動物のように身体をよせあい、ぼくらの場所をつくりあげようとする。それは、出来たてのケーキのようにもろい共同世界。そして、ぼくらはそこから、ひとつの叫び声を上げる。何？　軽いうめき声をころがしているぼくを見つめて、ミヨコが心配そうにたずねる。ドウシタノ？　ぼくはうすく眼を開け、かすかな記憶を呼びもどすようにうつろな眼をして遠い窓の外をながめながら、ジャズダ、ジャズガ、聞コエテクルンダ、ホラ、確カニ、アレハ、ジャズダゼ、と歌い始める。いいや、ジャズなど、何処からも聞こえてきやしない。それは、ぼくの記憶の声だ。ミヨコは浅く眠り続けている。涙すら流して、ぼくの指に指をからませ、弱く嗚咽《おえつ》しながら、眠り続けている。

ブリキの北回帰線

熱気が窓辺に陽炎《かげろう》を立てていた。ゆるんだ電線にとまってバランスをとっていたカラスが、はずみをつけて羽撃《はばた》き屋根を越えた。ボーイが毎朝持ってきてくれる壜《びん》入り湯ざましをラッパ飲みしながら、気泡の浮いた薄緑のソーダ硝子越しにカラスの影を見送った。なまぬるい湯ざましが喉や胃をひたす。悦夫はゴムゾウリをはく。

ホテルから二分間ほど歩いた路地に英国風屋敷がある。門の開閉のための狭い空間に山羊の群を飼っている少年がいた。少年は門扉にもたれ二十頭ほどの群を番していたが、時どき屋敷のサーバントに追立てられ、自動車や人力車や人や牛の間をぬって移動しなければならなかった。少年に細い枝で打たれ、山羊たちは鳴きかわしひとかたまりになって進む。ハゲワシのとびまわる空の下を過ぎ、犬を追払って市場《バザール》の裏で野菜くずを食べる。溝で水を飲むと、またいつもの場所に戻る。いつものサーバントがいつものように喚きはじめるまでそこにいる。

三日も見ていればおおよそのことはわかってくる。顔中髭だらけの大男が、朝、山羊を二、三頭引いていく。尾行して悦夫は大男が肉屋だとつきとめた。固く眼をつぶった山羊の頭が店頭にならぶ。胴が尾の先の毛だけ残し皮をむかれて天井からさげられる。もう一人の少年が市場から野菜くずを集めてきた。夜、少年は地面に茣蓙《ござ》を敷き、草食獣たちと身体を寄せあって眠った。

そこからすぐ左に折れ二十歩ほど歩いたところに、熱にうるんだやさしい目で往来を見つづけている少年がいた。麻紐を編んだ粗末なベッドは舗道におかれていた。枕元はひっきりなしに人や車が行きかい、悪童たちがベッドの縁《へり》にかけ、コブ牛が麻紐のほつれを食べようと引いたりした。それでも少年は汚れた灰色の布を顎まであげ、時どき寒そうに往来や煉瓦壁に眼をやるばかりだった。

　今日少年は調子がよさそうだ。ベッドに上半身起こし、布を頭からかぶって通りをまぶしそうに見ていた。その脇で滑稽な踊りをしている若い男がいた。右手をかざし、左手を胸にあて、手の動きにあわせて首を振り口を開け、真剣な眼差しで空の一点を見つめていた。間のぬけた仕草に思わず近寄ると、男は凧《たこ》をあげているのだった。白い糸がゆるやかにカーブを描き青空に延びていく。ハゲワシのならんだ向かいの屋根に凧が落ちかかる。若い男が右腕を高くかざしたまま路地の奥に走っていく。ハゲワシが軽く羽撃きまた翼を畳む。凧は屋根の向こう側から思い直したようにゆっくり登りはじめる。

　いつものガラスの扉を押す。日本航空のオフィスだ。悦夫の姿を見て受付の娘は肩をすくめてみせる。悦夫も唇だけで頬笑み返す。三週間この街に足留めされているのと同じだ。手紙はもう届いてもよさそうだった。予定日より一カ月は過ぎていた。子供は生まれているにちがいなかったが、せめて男か女かぐらいは知りたかった。手足のそろった当り前の子供だろうか？　里恵は無事だろうか？　代金先方払いで国際電話をいれようかとも思う。冷房装置のきいたオフィスで悦夫はタイムスを読む。スエズでエジプトとイスラエルの戦争があった。運河は当分封鎖されつづけるだろう。アフリカでポルトガルに対するゲリラ活動が激烈だ。アメリカで鶏の飛び競技があり八十九メートルの新記録が生まれた。悦夫は二言三言受付の娘と軽く言葉を交す。蒸留水をコップに一杯もらう。扉を押して外にでた瞬間に全身から汗が噴く。街の光はゼラチンのように濃密だ。

いつも同じ辻で同じ物乞いにバクシーシと掌をつきだされた。おたがいに顔見知りだ。はじめは笑って誤魔化していたが、今では完全に無視する。

バブー（旦那）、と悦夫は声をかけられた。振りむくと、およそ十歳の裸足《はだし》の少年が挑むような眼で悦夫を見つめていた。

「ジキジキ」と少年は機敏に身をすり寄せてきた。「ベリー・ジョウトウ・ガール・オーケー？」

妙な日本語を混ぜ、少年は唇をすぼめてなまめいた溜息をついてみせた。彼は悦夫の腕を抱いてしなだれ、オーケー？　と顔をあげた。悦夫は少年の額を人差し指でついた。

人いきれと小便のむかつくにおいに満ちて、路地には活気がゆき渡っている。カラスが黒ブタの背中で小馬鹿にしたような跳ね踊りをする。ブタは逃げまわるのだが逃げきれるものではなく、背中を突つかれて悲鳴をあげだす。道路の共同井戸で身体を洗っている男のまわりを裸の子供たちが追いかけあう。露店から野菜をかすめとろうとして尻を殴られる牛。水売り。乞食。占い師。蛇使い。菓子屋。それらに見られながら少年の後にしたがう黄色人の悦夫と、すべてのものがたぎるばかりの好奇心で結ばれている。

洗い場で輪になり洗濯をしていた女たちが大声で笑った。悦夫も笑いかえし、少年に尻を押されて階段を上った。三階建ての古い煉瓦のアパートだ。薄暗い部屋にきた。湿った藁《わら》マットのベッドに浅く腰かけた。軽く首を倒して少年はでていく。悦夫は煙草をくわえる。マッチの火が頬を火照《ほて》らせる。

往来のざわめきが聞こえた。悦夫は腕枕してベッドに横たわるが、すぐにも立てるよう足は床につけていた。洗濯の水音がする。煙草の煙が天井にいつまでもわだかまっている。

「バブー、早すぎたよ。まだ朝だもの。みんな眠ってるよ」

足音もなく少年がドアのところに立っている。悦夫ははずみをつけて起きる。藁マットが軋《きし》む。階段を下りていくゴムゾウリの爪先に、洗濯女たちの眼が集まる。女たちは布をねじってコンクリートの洗い場にたたきつけた。太ももを打ってなにやら喚き、声をあわせて笑った。

「今度は起きてくれるよ」

少年は悦夫の手首を脈搏《みゃくはく》をとるように握った。悦夫は少年の手を振りほどいて歩きだした。少年が追いすがってきた。

「ねえ、チョコレート買ってください」

思わず頷《うなず》いてから悦夫は後悔した。少年は悦夫の手を汗ばむほど強く握って歩きだす。市場にきた。少年は顔をあげて口籠《くちご》もる。悦夫が見つめると、少年は肩から息をぬいてうつむいた。

「チョコレートなんか食べちゃえばおしまいで、思い出が残らないから、パンツが欲しいんです」

悦夫は指を二本立てる。二ルピーぐらいならいいという意味だ。市場の中は小さな商店が蜂の巣のようにならんでいる。衣料品店でパンツをださせ手にとる。少年が欲しいのは下着ではなく半ズボンで五ルピーはした。ノーと悦夫は肩をすくめる。少年は怒りを眼もとにあらわし、それまで愛想のよかった衣料品屋も急に顔を強張らせる。悦夫は人混みを分けて歩きだす。懸命に少年が追ってくる。悦夫は出鱈目《でたらめ》に角を曲がる。

朝、パパイヤを食べる。ナイフをいれるとずぶずぶもぐっていき、力をゆるめてもナイフはひとりでにすすむ。最後に残ったヘタを割る。黄色い汁がこぼれて指に粘りつく。黒い種子をくるんだ薄膜は銀色に輝く。息に繊毛が震える。うれた乳のにおいが鼻に籠る。柔らかな果肉に歯をたてる。鼻と顎が汚れるが、そのまま息もつかずに食べる。果実ひとつの朝めしだ。

日本航空のオフィスの帰りに闇ドル屋に寄る。相場のよい時ルピーにかえようとする悦夫に、表むき土産物屋の闇ドル屋は頭つきの虎の皮を売りつけようとする。針のような深い毛が植わり、それでいてなめらかな虎の皮は確かな手応えがある。東京のアパートの四畳半に敷いた時のことを思い浮かべると、恐ろしいほど存在感を持ってくる。部屋の中に虎があるのではなく虎の中に部屋がある感じになる。虎の中にもぐって眠り、虎の上にすわって食事をし、虎とむきあってぼんやりする。

毛に指をうずめているうち、悦夫は銃弾のらしい穴を三箇所に発見する。穴は前脚の付け根から三つとも正確に心臓にむかっている。狩猟の跡があるのは当り前だと思われたが、それまで傷ひとつない最高級品だと自慢していた闇ドル屋はあわてだし、かなり値段をさげてもよい気弱な口ぶりになる。悦夫は話題を穴に集中し、虎を安っぽくいう。最後のかけひきの淵に立った瞬間、悦夫は我にかえる。これは闇ドル屋の手の内だ。穴のことなど百も承知なのだ。

五ドルほどルピーに換え、バナナを一房買ってホテルにもどる。悦夫は大部屋にいたから直接恩恵にあずかったことはないのだが、各部屋に備えつけてあるボタンを押すと、階段の踊り場の壁にならんだ豆電球が点《つ》く。ルーム係の三人のボーイは一日中交代で階段にすわっている。豆電球の三分の一は割れ、ながいこと修理されないらしく埃《ほこり》をかむっている。

英語が話せるのは一人だけだった。夜毎南京虫《なんきんむし》に攻めたてられ疲れ果てた悦夫が、換えろと廊下にだした藁マットを、そのボーイは三時間後そのまま戻してきた。南京虫ぐらいで騒ぐなよという無言の威圧で、それ以後、静かに悦夫は痒《かゆ》みに耐えている。

What can I do? というのがそのボーイの口癖だ。どうしようもない。いやんなっちゃったよ。マドラスから出てきたのは五年も前だけど、給料が安すぎてこの街を出る汽車賃もない。本当はボンベイに行きたいのだ。ボンベイのこと夢に見るよ。安ホテルだから客種も悪くてチップももらえない。彼の怒りは幸福な外国の同年配者たる悦夫にも向けられているのを感じた。俺はあんたのサーバントなんだから、何かくれ。ボーイはくりかえし迫り、きまってその後に、

What……とつづくのだった。気楽に旅をしている悦夫は後めたいような気になる。薄青の清潔な綿シャツ、看護助手として働いた病院から盗ってきた手術衣を、ザックの底から引っぱりだす。ボーイは喜んでさっそく着はじめ、悦夫は次の朝から壜の湯ざましがもらえることになった。生水を飲んでしまい、ひどい下痢に苦しんでいたところだった。

手術衣のボーイは階段にしゃがみまどろんでいる。大部屋には誰もいない。悦夫はバナナを頬ばる。スズメが二羽絡まりあいながら窓辺をよぎる。汗みずくの身体を洗うことにする。下穿きをベッドに投げてシャワールームにいく。床には蟻が這いまわっている。誰かの石鹸がセルロイドの箱で乾涸《ひから》び、粉を浮きだしている。蛇口をひねる。熱い湯が二三滴頭にしたたる。殴っても蹴っても水道管はしずまりかえっている。

夜、ベッドで一人ハシーシを吸う。髪の長い痩せた白人の男が黙って脇にかける。悦夫とその男は煙管《チラム》をつくっては交互に吸う。ハシーシは濡れて粘りつくようなのが新しい。マッチの火であぶると、チョコレート色のハシーシは甘ったるい煙を立てる。指先でこすると粉になる。煙草を混ぜ素焼きの煙管にいれる。男が聞き覚えのない言葉でしゃべっている。悦夫は適当に相槌を打っている自分に気づく。男の瞳は透き徹っている。瞳孔の中に灰色の円があり、その中心は暗く深い。人間の眼はガラス玉だなと思う。奥に悦夫が映っている。瞳をのぞく悦夫に当惑して男はしきりに目蓋《まぶた》を動かす。金色の睫《まつげ》が傘の骨を思い出させる。ピンクの日傘の骨。

搭乗ゲートから構内バスに乗込む時、ターミナルビルの屋上にある送迎デッキに日傘をさした里恵が見えた。里恵は大きな腹を突きだすようにして懸命に手を振っていた。悦夫はバスのドアのところに立ち、陽炎に揺れるピンクの日傘を見ていた。日傘がゆっくりと遠ざかる。里恵は走りだしている。傘が左右に傾く。危ないなあと悦夫は思う。送迎デッキは大きな三角の尾翼にさえぎられた。これから旅に出るのだという解放感が悦夫の身体の底から湧いてきた。茫漠とした空間の前に立っている自分を感じた。

　小虫が渦を巻いている。虫がとんだあとには白い淡い線が残る。床には蟻が歩きまわっている。煙管を渡そうとするが男はいない。男は自分のベッドにあがり眼を閉じている。胸元から読みさしの本が羽撃くように床に落ちる。悦夫は手持無沙汰になってポケットを探る。殻つきピーナッツを指先に摘《つま》む。振って耳をそばだてる。ピーナッツの鈴は音をまし、指の感覚がなくなり、鈴はひとりでに鳴りはじめ、悦夫はその音にひたすらすがっていく。柵をひょいとまたぐような眠りにはいる一瞬がわかる気がする。

　胃が絞りあげられている。関節に痛みがたまっている。汗にまみれて悦夫は目覚めた。裸電球のまわりに虹ができていた。瞬きのたび眼の奥に痛みが沈んでいった。行商人や旅行者たちが寝苦しそうに髪をわきたたせ眠っていた。子供の舌打ちのような声をたてて守宮《やもり》が天井で鳴く。石油のにおうマットを転げまわりながら、悦夫は無意識に南京虫と闘っていた。腕は点てんと腫《は》れ微熱がある。爪で掻きだすとたまらない痒さだ。悦夫は起きてマットを裏返したが、気力がつづかずすぐにベッドにへばりつく。

浅い眠りがつづく。悦夫は不思議な楽隊が通るのを聞いている。クラリネットににた艶のある音をだす竹笛、細長い真鍮《しんちゅう》のラッパ、首からさげた太鼓、鉦《かね》。楽隊は姿も見せないまま路地から路地へ、踊りを誘いながら陽気に過ぎていく。後を追う子供たちの列に悦夫はいる。ふと、楽隊につられて遠くきすぎてしまったことを知る。方向もわからないまま悦夫は駆けだす。暗い路地だ。車輪の音がひっきりなしにつづいている。苦渋に満ちた表情で牛のように黙り、黒い男たちが荷車を引いていく。悦夫は轍《わだち》のむこうに竹笛の音を聞こうとする。寝返りをくりかえしている自分に気づく。藁マットは焼けた石のようだ。目脂《めやに》で目蓋はふさがっている。じっとしているのがだるくて起上がる。深呼吸から体操をはじめる。暗い床で上下の定めがつかない気がする。土を噛む車輪の音はつづく。冷たい汗に濡れて疲れ、ベッドに倒れこむ。顔の上に動くものがある。天井のファンだ。塗装のはげたファンは乾いた音をたて、際限もなくつづく試練にたえているかのように、キイキイ、キイキイ、まわりつづけている。

歩道の人の流れに淀みができていた。淀みをぬけてくる顔には一様に満足感をたたえた微笑がはりついていた。悦夫は人垣の隙に頭をすべりこませた。敷石に散ったアルミニウムの弁当箱と、カレー汁の飛沫をうけた白髪が見えた。老人が顔を敷石にうずめていた。老人は土に打ちこまれた一本の杭のように孤独に見えた。老人の周囲には裸足の足首が叢《くさむら》のように動く。悦夫は人垣を離れた。樹の下の陰に白いコブ牛が集まり、口の端から唾液をたらして反芻《はんすう》していた。映画館の切符売場に行列ができていた。通りすがりの食堂にはいった。ボロを煮こんだようなカレーが運ばれてきた。悦夫は生の玉葱《たまねぎ》に芥子《けし》を塗って噛んだ。

食堂をでるといつかのジキジキの少年が人混みから駆けてきた。悦夫は顎をしゃくって少年に合図を送った。こんにちは、バブー。少年は身体を預けてくる。歩きながら、悦夫はサイフのはいったポケットをそっとおさえた。のびてきた指が素早く引かれた。湿った感触が手首に残った。

ガラス越しに受付の娘が手招きした。指で押したガラスのドアに汗がついた。バブーと背中で少年の声がした。近寄るのがもどかしいというように娘はカウンターから腰を浮かした。伸ばした指先にエアーメイルがはさんであった。悦夫は顔の筋肉をゆるめるがうまく笑えたかどうかわからない。ソファに腰を沈めた。ガラスの向こうで少年が行ったり来たりしていた。眼があうとガラスにへばりついた。封筒は二通だ。

まだ見ぬぼくのお父さんへ

はじめまして、お父さん。

お父さんがインドという遠いところへ旅にでかけているすきに、ぼくは、11月11日(土)秋晴れの朝8時5分にうまれました。予定日の6日前ですが、うまれてもかまわない一週間前以内でした。お母さんはうむとき、ちょっと苦しみもがいていたようでしたが、ぼくも頑張って、3000gというまあまあの体重でした。お母さんは今、お産の苦しみなんてケロッと忘れるほど、ぼくのことかわいく思ってくれているらしい。お母さん、ぼくとも、とても元気ですから安心してください。

今日、お母さんはマッサージのひとにお乳をもんでもらってすごく痛いらしかったけど、ぼくのため必死に我慢してたくさんだそうとしていました。母親らしい気持になりつつあるようです。ぼくのことばかり考えてベッドに寝て、もしかするとお父さんのこと忘れがちかもしれませんよ。

それからお母さんは、お父さんの望んでいた男の子までちゃんとうんで、お父さんをこんなに喜ばせていいものかなんて、自分でも嬉しいくせに思ったりもしてるんですって。

お父さんに会えるのを楽しみにしています。お母さんとぼくは一週間くらい病院にいて、あとお母さんの実家で、お父さんの帰りをふたりで仲良く、ぼくは大きくなって待っています。

もっともっと報告したいことは山ほどあるけれど、お母さんに病院のベッドで代筆してもらっているので、疲れるとあとにいけないので、今度は退院してからお母さんに書いてもらうことにしますね。

ぼくのことは心配ないですから無理のない旅をつづけてください。

お母さんからもくれぐれもよろしくとのことです。

ターバンを巻いた大男が二人カウンターにすわり、その肩の間で娘は書きものをしている。光のあふれるガラスの外を通行人たちがよぎる。少年の姿はない。三度読み、悦夫は手紙をていねいに畳んで胸のポケットにいれた。息子か、と思う。口元に笑いが染みあがってくる。俺の息子だ。

ターバンの男がカウンターの地球儀を勢いよくまわす。表面のビニールの細かな光が散る。悦夫はもう一通の封筒の口を破る。夏子からだ。

このお手紙が無事にあなたの手に届くかどうか不安だけど、一応出してみます。男の子が生まれたそうで、おめでとう。あなたの実家に電話して聞いたの。うれしいでしょうね。それとも、複雑な気持かな？

思うんだけど、もうわたしたちの時代も終りよね。あなたの旅も、青春とお別れの旅でしょう。帰ったらどんな生活が待っているか不安でしょう。妻子を抱えてさ。いたいたしい感じがするわ。

皮肉っぽいいい方だけど、実感よ。わたしも結婚することになったのよ。驚いたでしょう。田舎の父にすすめられてお見合いしたの。おしとやかにしてたら気にいられちゃったってわけ。めんどうだから結婚するわ。相手は田舎の大地主の長男で三十歳。来年は地主夫人よ。

きっと一生生活は心配ないわね。

わたしに残された時間は半年きりないのよ。なんだかじっとしていられない気持。あなたが旅に出たのもにたような気持だったんじゃないかって思ったら、急に昔のこと思い出しちゃってさ。今すぐそこに行きたくなっちゃってさ。会いたいんだ。奥さんにわからなければいいでしょう。台湾くらいならむかえにいってもいいわ。

大至急お手紙ください。

カウンターから受付の娘が頬杖ついてこちらを見ていた。何でもわかっているぞという表情だ。眼があうと、蒸留水をくむために立つ。悦夫は夏子の手紙を里恵のと別のポケットにいれ、カウンターの椅子に移動した。娘の指の腹がコップに拡大されていた。

「俺の子供が生まれたよ。男の子だ。三千グラムだって」

彼女は黙って笑っていた。悦夫は水を一気に飲む。晴れがましいような気分になる。

「帰るよ。赤ん坊の顔が見たいんだ。飛行機の予約する、タイペイまで」

彼女は簿冊のページを繰った。爪は金色に塗ってある。名前はどうしようかと悦夫は考える。

「明日ですか?」

悦夫はコップの外側にならんだ水滴を見た。ひとつひとつの水滴にはガラスのドアが歪《ゆが》んで写っていた。急いで帰ることはないなあと思う。

「十日後にしようかな」悦夫は口籠る。「紙とボールペン貸してくれないかなあ。手紙書くから。空港に迎えにこいって」

手紙を郵便局員に渡すと急にすることがなくなった。歩きまわるうち巨大な鉄橋の前にたたずんでいる。市街地図をひろげてみて、真っ先に行ってみたいと思った場所だった。河に分けられたふたつの街を結んでいるのがたった一本の橋で、両側のものが集中する気狂いじみた混乱ぶりがやすやすと想像できたからだ。悦夫の想像はおかしなくらいに適中している。人力車が機敏に自動車の列に割りこむ。タクシーはゴム風船を握りつぶす手動式クラクションをところかまわずつきたてる。馬は周囲の喧噪《けんそう》に驚かないよう前方だけ残して目かくしされている。橋口の坂にきた煤《すす》けた箱馬車が後退りをはじめ、すぐ後の荷車引きをあわてさせる。馭者《ぎょしゃ》がとびおりて馬の鼻先を引き、箱馬車は鈴の音をたて登ったが、今度は体勢を崩した荷車が立往生する。荷車にはカリフラワーがうず高く積んである。荷車の前にできた空間には人力車やタクシーが素早く割りこむ。褐色の筋肉を汗ばませた荷車引きは徐じょにカリフラワーの堆積を動かすが、バスがつかえていて、無理な姿勢で後退りをこらえる。二階建てのバスは窓に無賃の乗客をぶらさげて揺れる。頭に大荷物をのせた男たちが腰をふりペンギンの歩きかたですすむ。優先権を誇る市街電車がアスファルトに埋めこまれた線路を軋ませていくと、橋はあらゆる騒音をのみこみ耳をおおうばかりにけたたましく喚きたてる。

楽隊が陽気に通っていった。橋のたもとにサーカスがきているのだ。悦夫は子供たちに混じって楽隊のあとをついていく。三角テントの屋根が楽隊の頭上に見えた。泥絵具で化粧した象が道端につながれていた。テント前広場は見終った連中とこれから見ようとする連中が混じって動きがとれなかった。悦夫は辛抱強く切符を買う列に立った。息子といっしょならなとふと思ってみた。

ファンファーレが鳴響いた。照明が消された。仄《ほの》白く浮かんだ夜光塗料の衣裳の男と女ががいのブランコに行き交った。テントの隙間から青空がのぞき、空飛ぶ芸人の影が観客席をよぎった。隣の少年がポップコーンを食べながら空中三回転に身を乗りだす。自分の腕にぶつかり、どうしても右に曲がれないおかしな道化がいた。それを矯正しようとして、自分もうつってしまった気のいい道化もいた。象や熊や猿や密林のもと猛獣たちが二本足歩きや自転車乗り玉乗りなど人間の真似をさせられていた。訓練のゆきとどいた悲しげな動物を見ていると、街の自由なゴロツキ牛どもが妙になつかしくなる。綱渡り。梯子《はしご》乗り。アヒルの引く車に乗ってまた道化が登場した。実は車の底がなくて道化が小股で歩いている。アヒルは追われているのだ。手早く車を畳んだ道化はことさらがにまたで追うが、アヒルは飛べない。

混雑が去ってからテントをでた。薄闇が街を覆っていた。市街電車の高架線から火花が鮮かに散った。ゴムゾウリ越しにもアスファルトに火照りが残っているのがわかった。生まれたばかりの子供のことを考えようとするが、具体的な顔が浮かばない。今すぐそこに行きたくなっちゃってさ、という夏子の声が耳元に聞こえてくる。息子か、と思う。乳のマッサージを受けている里恵の嬉しそうな表情が浮かぶ。今日は特別な日なのだ。中華料理でも食べようかと思ってみる。

黒ずんだ大きな河が横たわっていた。ずっと川上の水面に橋がもうひとつ光の橋をかけていた。河原への石段を下りた。おびただしい手首が麦穂のように伸びてきた。怖気《おじけ》づいて悦夫はポケットの小銭をほうった。沐浴場の岸辺を暗い水が嘗《な》めていた。一帯の広場には無数の人影がうずくまっていた。赤ん坊の泣きわめき。細い煙のまわりに車座になり、一家が木の葉の食器で食事をとっていた。アパートの四畳半での親子三人の団欒《だんらん》の光景が浮かんだ。部屋はカーテンで閉めきり石油ストーブがたいてある。ヤカンの蒸気で空気は程よく湿っている。赤ん坊が手足を動かしただけで悦夫と里恵は頰笑《ほほえ》みあう。子供は育っていく。シャツはみるみる身体にあわなくなってくる。

倉庫のならぶ河岸に貨物船が横づけされていた。水銀燈に照らされた甲板に人が動いていた。舷燈が水に揺れて対岸に届く。甲板から投げられた煙草が赤い弧を描いて水面に消えた。人気のないビルの谷間にきた。きたことのない一角だ。ビルの壁に当たった風が垂直に落ちて髪を騒がせた。

クラクションを短く鳴らしながらタクシーが減速してきた。思わず悦夫は手をあげた。街燈に腕の影が通りを渡って向こう側のビルに折れた。埃が湧き、脇に止まったタクシーのドアが開いた。車内燈がついた。女が二人ゆるやかに微笑をたたえていた。

「お困りですか?」

女が一人降りてきた。オーデコロンがにおった。

「道に迷っちゃって」

「ごいっしょしません?」

車内の女が身を屈《かが》めていった。横の女が悦夫の腕をとった。

「三人で楽しみましょうよ」

「楽しむ?」

「十ドルでいいですわ」

悦夫は吸いこまれるようにタクシーに乗った。両脇の女が悦夫の膝に手をのせた。運転手が振向きもせず背筋を伸ばしていた。女が指に指を絡めてきた。見覚えのある通りが窓の外につづいた。悦夫が毎日歩く路地のあたりだ。安堵感が身体の隅ずみに満ちてくる。女たちの指がズボンの中にはいってくる。ヘッドライトの黄色い光にコブ牛が眼の中まで染められて立往生する。

悦夫は女たちに両脇から腕をとられたまま車を降りた。時どき前を通る薄汚れたホテルだった。フロントの老人は彼らの姿を見るとあわてて奥に消えた。誰もいない階段を女に前後を挟まれて上った。今日は特別な日なのだと思ってみた。

部屋にはいるなり女は悦夫のシャツのボタンに指をかけた。悦夫は女の肩を押しやった。ベッドがあるきりの広い殺風景な部屋だ。悦夫はサンダルを脱いで部屋を見わたした。浴室に誰もひそんでいないのを確かめた。ベッドにかけて女に肩をすくめてみせた。

「そう急がないで、話でもしない？」

「話すことなんかないでしょう」

「サーカス見た帰りなんだ」

「時間がないわ」

女たちはパンタロンスーツと下着を手早く脱いだ。悦夫は財布から十ドル札をぬいて渡しながら、女の縮れた陰毛に触った。そうしている間も女たちに着ているものを剝《は》ぎとられていた。褐色の女たちの体温は高い。床に脱ぎ散らした服を丸めて悦夫はよく見えるテーブルの上においた。女が脚を大きく開いた時、脚の奥の暗がりがぱちっと微かな音をたてた。悦夫は湿ったももに指を這わせていく。もう一人の女は悦夫の性器を強く把《つか》んでいる。しきりに先の穴から空気を吹きこもうとする。女が悦夫の胸にまたがった。女の肩に裸電球の光が跳ねる。悦夫は両の乳房を揉《も》む。女は腰をずらしていき、悦夫の顔の上にすわった。おしっこのにおいがした。まるで暗い沼に鼻を突っこんでいるようだなと思ってみた。

顔が熱くてべたべたして息が詰まる。悦夫は女の腰を持上げる。性器と肛門が並んでいる。ベッドに女は一人しかいない。悦夫は女と身体をいれかえた。

浴室からもう一人の女がでてきた。悦夫のジーンズをさげていた。悦夫は胸にすがろうとする女を払い、ベッドからとんだ。

「十ドルじゃ足りねえんだな。いくら欲しいんだよ。いってみろよ」

ジーンズを持った女が詫びをこうようによわよわと指を伸ばした。悦夫がジーンズをとろうとした瞬間、女の指先が眼の中にはいった。視界が真赤に燃上がる。力一杯腕を振るった悦夫はバランスを崩す。顎に一撃をくらって跪《ひざまず》く。遠くなっていく女たちの哄笑とともに背中を蹴られる。

静かだ。悦夫はベッドの下に頭をいれていた。顔の前に丸められた古新聞があり、あたりは埃だらけだ。眼の中に鋭い感触が残っていた。瞬きのたび砂を含んだようにざらつく。開け放たれてゆっくり動くドアと暗い廊下が見えた。シーツが水面のようにゆらめく。テーブルから した穿《ば》きをとって着けた。そのままベッドに横たわった。指で突かれたのは片方だったが、両眼から涙がこぼれてきた。鼻が女のにおいでむかついた。

浴槽から水があふれていた。その水にジーンズが漬けてあった。ハンカチが浴室の排水口をふさぎ、水は部屋にも流れはじめていた。悦夫は浴槽に顔をいれて眼をしばたたかせた。鼻に石鹸をつけた。

病気の少年が道端のベッドで丸くなり眠っていた。脇の路面にも四人ほどが抱きあうように眠っていた。切り絵のように鮮明な輪郭を夜空に浮上げる英国風屋敷の門前を通る。山羊の群が地べたに顎をつけ寝息をたてていた。番人の少年も山羊たちとひっそり息づく。人力車の上で窮屈そうに眠る男たち。コブ牛はしゃがんで口を動かす。軽やかな足音で犬の群が走りぬけていく。

一軒だけあかあかと灯をつけている店がある。闇ドル屋だ。思わず悦夫は足早になった。ジーンズは裂かれ歩くたび両の臑《すね》がのぞく。闇ドル屋やジキジキの少年、人力車引きなど顔見知りの連中が店先で手招きしていた。

「眼が真赤だよ。血がでてるみたいだ」

彼らは口ぐちにいった。

「サーカス見たから」

ハンカチでぬぐってもすぐ眼に涙の膜がおりてきた。坐るよう闇ドル屋にすすめられたが、悦夫は立ったままでいた。

「いい暮らしだよ、旅の人」

闇ドル屋が素焼きの煙管《チラム》に火をつけていった。煙が電球のオレンジ色を吸った。闇ドル屋は鼻から二筋の長い煙をだして煙管を悦夫にまわした。素焼きはぬくまっていた。深く吸う。肺が縮みあがり、眼のふちに痺《しび》れがたまる。ジキジキの少年が雀斑《そばかす》だらけの顔を寄せてきた。悦夫は頭をふらふらさせてみせた。悦夫を囲む眼がなごむ。もう一度煙管を額の上にかざし、ぱっぱっと三回ふかして火種を強め、いい煙がきた時全身の力をこめて吸い込む。

少年が煙管の灰をとんとんと敷石にあけた。虎の皮は畳まれ、ガラスケースにはいっていた。悦夫は店をでた。地面が傾いだ。一歩ごとに傾斜が変わった。足首が誰かに把まれているように重い。足元が暗がりに溶けていた。前に進んでいるのかどうかわからなくなり、悦夫は腕で額の汗をぬぐって前方の明かりを見つめた。見覚えのある建物だ。二階の窓から手術衣のボーイがしきりに手を振っていた。

ホテルの建物全体から汗がにおった。手術衣のボーイは悦夫が背後を通っても振向かず階段の踊り場の窓から外を見ていた。悦夫は自分のベッドに倒れこんだ。鼓動とともに血液が全身に運ばれる気配がした。眼を閉じていると鼓動しか聞こえない。

大部屋の連中は大麻煙草をつくっていたり、ナイフで木片を彫刻したり、ノートに書きつけたりしていた。天井のファンが電燈の影をかきまぜる。悦夫は自分の足を見ている。黒い蠅《はえ》が歩いている。微細な一歩一歩が鮮明に感じられる。幼女の頰が押しつけられた時のこそばゆい感触を思い出す。悦夫は汽車に乗っていた。夜行の三等客車は座席も通路もいっぱいで、荷物棚から人の臑が干し大根のようにびっしりぶらさがっていた。悦夫は入口近くの床にしゃがんでいる。名前のわからない暗い駅に止まったきり汽車は動かなくなった。物乞いたちが乗込んできた。幼女が悦夫の耳元でバクシーシとか細い声をだした。悦夫は無視しつづけた。やおら女の子はうずくまり、サンダル履きの悦夫の足の甲に顔をつけた。指のまたに湿った息がかかった。女の子は眼をこすり、しばたたいた。泥だらけの足の皮膚を目蓋ではさもうとしたのだ。バブー・バクシーシ・バブー。疲れたのか目蓋を閉じ眼玉をくるっくるっと動かしはじめた幼女のうすい肩を、悦夫は軽くたたいた。ニッケル貨を一枚やった。女の子は身体を起こし、にこりともせずに遠ざかっていく。幼女の乾いた足の裏がひらひら見えがくれする。ぬくみが足に疼《うず》きのように残った。すぐに悦夫は丸裸の幼い男の子に立ちふさがれた。男の子はふくらんだ腹を突きだし、もみじのような掌を開いた。悦夫は見つめ返した。じりじりして汽車が動きだすのを待った。男の子は悦夫の爪先に屈まり、がんがん、がんがん、暗い床に額を打ちはじめた。

悦夫は足を動かして蠅を払う。追っても追っても蠅は同じところにたかる。よく見ると小さな腫物ができている。鼓動が腫物に集中する。

ジーンズの内側の隠しポケットの糸をほどく。縫いつけてある最後の十ドル紙幣はびしょ濡れだ。これでホテル代を払う。あとの十日間は日本山妙法寺にはいればいい。噂はよく聞いていた。朝晩のおつとめさえ我慢すれば寝床と食事の心配はなくなるのだ。悦夫は煙草につくるのが億劫《おっくう》でハシーシ塊を少し嚙じった。口の粘膜が細かい棘《とげ》にさされたようになった。重ったるい唾液はゆっくりと喉の奥に流れていく。瞳に力をいれていなければ焦点がずれる。蠅は影に混じって見えない。足を動かす。足の付け根から爪先に電気が通ったような鋭い痙攣《けいれん》が走る。おびただしい蠅が脚を歩きまわっているような気がする。膝を曲げると一斉にとびたつ。踊り狂う蠅が部屋中にあふれる。

悦夫は両手で耳をおさえ目蓋を重ね、固く小さくなって蠅をやりすごそうとする。鼓動が再び全身を覆う。卵になった自分をふと想像してみる。藁マットのベッドに置いてあるのは大きな卵だ。悦夫は殻をしっかりと閉じて内側に縮まる。悦夫は寒天質の命の原型だ。二十四年前の自分だった。悦夫は息子のことが浮かんでくる。白く小さな肉をこの世につくったのだと思ってみる。父親になった。柔らかい肉はみるみる育っていく。生まれてから悦夫はあっという間にこのベッドに横たわっている気がした。


「ご修行にこられましたか?」

黄色い袈裟《けさ》を着けた中年の住職が現れた。住職は瞬かない眼で悦夫を見た。

「はい」

悦夫は本堂の正面階段の途中に立って頭を下げた。本堂から香がにおってきた。

「お断食修行中です。よろしいか?」

「お断食?」

「ちょうど今日から七日間です」

「まいったなあ」悦夫はザックを足元に置いた。つぎの言葉が泡粒のように喉にひっかかった。

「旅行の方は昨夜までは十人はおりましたな。今朝見ると誰もおらん。みんなお断食するっていってたんですが」

　住職はほっほっと喉の奥で笑った。

「身体の具合が悪いんです」

「それならぜひおやりなさい。体調はよくなって、心も洗われますぞ」

「ごろごろしてればいいんなら」

「お題目いいにくかったら、頭に糞《くそ》をつけなさい。糞南無妙法蓮華経。糞南無妙法蓮華経」

　住職は本堂にはいっていった。手招きされて悦夫もつづいた。住職は大太鼓の前にすわった。てらてらに黒光りした皮を打ちながら、なーむ、みょーお、ほぉー、れーん、げぇー、きょおー、とのびのある声で悠長に叫びはじめた。

　悦夫は正座を崩してあぐらをかいた。コンクリートの床だった。背中の谷を汗が走った。手元にある金は六ドルだった。ホテルに泊れば十日間はとても無理だ。ついてないなあと思う。七日間の厳しい飢えの有様が浮かぶ。最悪だ。

　庭の芝に植わったヤシの葉の奥に卵のような若い実が抱かれていた。白く陽をあびた葉は腕のかたちにしなだれていた。住職は太鼓を打ちつづける。寝る場所があるだけましではないかと思い直した。いやになったら逃げだせばいい。悦夫は舌の上で息をふくらませてみる。三度四度住職のリズムに乗りそこねる。体当たりでもするようにして叫ぶ。くそ、なーむ、みょーお、ほぉー……

塀に這った蔦草《つたくさ》が鮮かな赤い花をつけている。日陰の湿った地面に花はかたちを崩さず散っている。本堂に雀が躍りこむ。楕円をひとつ描いて同じ窓からでていく。羽撃きの音が耳に残る。自動車の空ぶかし。人の呼びあう声。近くの鉄道を列車が過ぎるたびコンクリートの本堂は軋む。

傍の木箱に団扇太鼓がはいっていた。悦夫はゆっくりしたリズムにあわせて小枝のバチを振る。子供に乳を含ませている里恵が浮かんでくる。眼をつぶっている子供の顔は産毛で金色にひかる。乳首に吸わぶりつく感触が心地よい。断食したんだ、お前と子供のために。悦夫は家に帰って話している自分の姿を思う。七日間はつらかったけど、お前がお産で苦しんでること考えたら何でもなかったな。

地面から照返した陽が天井に揺れている。刻一刻陽光はコンクリートの床を嘗めていく。庭の先に工事中の家が見える。仮枠のはずれてない二階の竹梯子に裸の男がいる。男は布を巻いた頭に煉瓦を六個重ね、一段登っては息をつき、上体を動かさずにまた一段と登る。二階の屋根につくと煉瓦を投げ、眩みに耐えているかのように佇んでいる。竹梯子を後退りしていく男と悦夫は視線をあわせる。男は胸まで赤い粉にまぶされている。

ももにたまった力を静かに爪先まで逃がしていく。痺れた足を組みかえる。

たびたびトイレに行く。首や肩や腕をまわしながら渡り廊下を歩く。扉を閉めるや、反り返って腰をたたく。唾を吐く。唾液は唇から糸を引く。指で千切ると、便器の水面に幼虫のように縮み上がる。しゃがんで便器の底の水を見る。指を近づけていくと、触れないうちからつややかな水面が微かにざわめきはじめるような気がする。

一秒一秒は乾いた砂の一粒一粒だ。背筋を伸ばしつづけているので腰が重い。光が弱まっていくのがわかる。住職の大太鼓がやみ、悦夫はリズムをつまずかせる。黄木綿の袈裟が薄闇を泳いでいく。ロウソクの火が尾を引く。須弥壇《しゅみだん》の燈明のわずかな火にかえって闇があらわになる。窓は黒塗りの四角い切り口に見える。蛍光燈が二度三度瞬く。白い光が本堂に満ちる。住職は袈裟を翻してまた大太鼓の前にすわる。

蚊の羽音が近づいては遠ざかる。暑くて寝袋から這いだす。板のベッドに立つ。太鼓のリズムが身体の奥に残っている。電球をねじる。鼻先で光がはじけ、眼の中に真赤な虹が流れる。そのまま眼が慣れるのを待つ。部屋中をとびまわるおびただしい蚊が見える。床のコンクリートは露を含んだようにひんやりしている。悦夫は両掌を打ちあわせる。壁をたたいてまわる。葡萄《ぶどう》のように血に熟れた蚊は動きが鈍い。前にこの部屋にいたやつの血だと思う。掌を打つ音は隣の空部屋に響き、また隣にそのまた隣にぬけていく。掌は赤黒く染まっている。親指の腹で古い血を垢のようにこそぐ。蚊の動きは速くなっている。悦夫はふたたび憑《つ》かれたように壁をたたく。切れのいい大太鼓のリズムが聞こえはじめる。悦夫はベッドに倒れて腕枕する。長い間そうしている。顔が仮面をつけたように熱っぽい。ベッドから足をたれさげてゴムゾウリを探りあてる。ドアにすがる。乳色の光の粒がこぼれてくる。

本堂への廊下を歩きながら、伸びほうだいの髪に指で櫛をいれる。息をつめて須弥壇に合掌する。リズムを途切れさせないよう片方ずつバチを交代し、悦夫は住職のぬくみの残る床にすわる。腕をしなわせて思いきり太鼓を打つ。空気が震えて胸にはね返る。なめし皮の繊毛が銀色の光を集める。バチが当たると光は繊毛からはじかれる。

屋根に運ぶべき煉瓦はとめどなく地下から湧いてくるように見える。男の労働はつづく。悦夫の喉からは意味もなく南無妙法蓮華経が流れている。住職は悦夫の横で手首と顎しか動かさない。ふと悦夫は睡りに誘われているような気になる。こんなことを七日間もくりかえすのだ。馬鹿馬鹿しいなあと思う。旅の最後の貴重な日々を睡って過ごすのと同じだと思う。

バチを止める。痺れが手首から腕に上がっていく。額の汗を腕でぬぐう。団扇太鼓が乱れのない澄んだ音を響かせている。住職は目蓋を半ば閉じている。

坐りつづけて足首の感覚がなくなっている。本堂を大またででていく。部屋に戻り、寝袋を巻いてザックにしばりつける。無造作に陽の下にでて、足元がすぼまり地面に吸込まれていくような感じに襲われる。

門番が緩慢に庭を掃いている。脇を通ると、ハーレ・ラーマ・ハーレ・クリシュナ、と歌う声が聞こえる。門の外の溝に水がたまっている。強すぎる光に透明な水溜りの水面がわからない。溝にかかる板を踏み渡り寺から一歩でると、ゴムゾウリの下から土埃が舞う。黒山羊がしたたるような緑の草を旺盛に食べている。歪んだ煉瓦積みの家の土間で家族が食事をしている。樹の下で茶を飲む人。南無妙法蓮華経が耳の奥に籠ってぬけない。表面が粉のように乾いた土の道をぬけ表通りにでる。アスファルトを踏むとずるりと剝ける。タールが黒真珠のようにふくらみだしてならぶ。物売りたちが歩道にしゃがんでいる。トマトやマンゴウの堆積に時どき水をかける。ナスにカリフラワー。脚を縛られてもがく鶏。コカコーラのスタンド。何をしてもいいのだった。限りなく自由だった。

濃密な光の底を悦夫は歩きまわった。ザックの重みが肩にくいこむ。汗がでず、熱気が身体の内側にたまってくる。眼の前をよぎるオレンジもバナナも食べたいとは思わなかった。煙草もハシーシも吸いたくない。喉も渇いていない。内側の力が外の景色と微妙に均衡している。外部と内部を隔てるのは一枚の透明な薄い皮膚だ。風が吹きぬけるような爽快感がある。

コンクリート製の本堂だった。枯れたヤシの葉が屋根に落ちていた。住職のお題目がとどこおりなく響いていた。悦夫は本堂の隅にザックを置いた。何も変わらない。睡いような真昼だ。悦夫は大きく深呼吸してふたたび太鼓をたたきはじめた。時間が砂の海のように横たわった。時どきよい瞬間がやってくるようになっていた。太鼓を打っていることも、南無妙法蓮華経を唱えていることも忘れた。インドにきていることも、寺にいることも考えない。悦夫は解き放たれていく。

犬のことが頭を去らない時期があった。石材を無計画に切り出した跡に、迷路になって地底深くひろがる穴が残った。石は無尽蔵だったが、街の下がすっかり空洞で危険になったので採石は中止されたのだ。穴はゴミ捨て場になった。底なしの壺だった。ある時十匹ほどの子犬のはいったダンボールが捨てられた。真暗闇の中で嗅覚ばかり発達した子犬たちは豊富なゴミを食べて成長しつづけた。子が子を産み、五年で血縁の濃い群ができた。街の人間も地底の群に気づいた。犬たちの咆哮《ほうこう》は夜になると地から街中に響き渡るようになっていた。人間は何かのはずみで群が地上にあがってくるのではないかと怖れはじめた。毒団子を投げたが、蓄積されたゴミでエサに不自由しない犬たちには無駄だった。人間はダイナマイトで穴の中をふさいだ。地底で生まれ育った犬たちは、陽の下でぬくぬくとした犬とははじめから違った。闇でも眼が見えた。群が際限もなく増えるにともない、地底の世界もひろがっていった。数百年に亘って切り出された廃鉱はほとんど無限だ。犬たちは彼らの世界を思う存分俊敏に走り、地底の沼を泳ぎまわった。

「増えすぎた群は生きられないわ。やがて共喰いがはじまるのよ」

夏子はいう。六畳のアパートには柔らかく陽が射している。悦夫は重なっていた夏子の身体から降りて赤いカーペットに横たわった。ガスストーブが全開に点けてあるので汗ばむほどだ。近くの踏切りの警報機がカーンカーンと響く。頭の芯《しん》に釘を打込まれるようだ。夏子の指が悦夫の性器にのびてくる。

「忘れた頃にさ、岩が崩れてぽっかりと穴があく。空が見えるんだ」

「光で死んじゃうわ」

「犬も人間も戸惑うんだ」

「あなた、小説書きたいってこのこと？　出来たら読んであげるわよ。出来ないと思うけど。それでさ、考えすぎてるんじゃない？」

悦夫は夏子の胸に手をのせている。このカーペットの下は犬の世界だとふと悦夫は思ってみる。

「犬は地上の人間より素晴しく自由に生きているなんてさ、あんまり思い入れて書くと、つまらないわよ」

夏子はあぐらをかいている。悦夫の性器をしごいたり捻ったりする。陰嚢《いんのう》を掌の中で転がす。悦夫は頭の下に両腕をいれ、隣のトタン屋根からの照返しがギラついている天井を見る。悦夫は力を下腹に集めようとする。夏子のざらついた舌がももを這う。開いた脚の間に夏子は屈んでいる。肩にも光が斑ににじんでいる。悦夫は額の汗を腕でぬぐい、肺の奥から少しずつ息をぬいていく。夏子が顔をあげる。

「昼間の元気なうちならと思ったけど、やっぱり駄目なのね。おかしいわねえ。内側から力が湧いてこないの？」

「どうもその気になれねえんだ」

「あたしのこと飽きたのよね、きっと」

「たった二日じゃねえの。休息をとればいいんだよ。おかしいのはお前のほうさ」

悦夫は横たわったまま下着をつけた。冷蔵庫を開ける。白い光の中にセロリの透き徹った茎がある。あとは卵が三個とバターだけだ。夏子は裸のまま寄ってきた。ものの間に窓の光が見えた。

「おなかすいてる？　ラーメンあったかなあ。あなたがパチンコでとってきたの。ちょっと黴《かび》が生えてたけど食べられるわよね」

悦夫は投げてあった服を着た。小鍋に水をくんでガスストーブにのせる。

「ねえ、そのセーター脱いでくれない？　今日はそれ着たいのよ。あなた、帰ってくるかどうかわからないんでしょう」

「明日は帰る。パクられねえようにするさ。就職口だって探さなくちゃならねえしよ」

夏子は長袖のTシャツとジャンパーを押入れからだしてきた。いわれるまま悦夫は着替える。夏子は裸の上からセーターをかぶる。

「就職？」

「ああ」

仕方ねえさと悦夫は声にださずにいう。デモで逮捕され、不起訴だったが奨学金をとめられた。夏子への仕送りで暮らしていた。三月になれば大学も出なければならない。

「デモもつまらねえけどよ。機動隊に滅茶苦茶にやられるだけだもんな」

「わかりきってるじゃない」

「勝った時もあったさ。駅とか道路とか占拠して解放区つくったぜ」

「一時間ぐらいね。お祭りよ」

「明日はすごい祭りになるぜ。全国動員かかってるし。みんな東京戦争だっていってる。楽しみにしてたんだ。火の海を走りまわるんだ。どうせ最後だよ。終ったら、俺、旅するかな」

「行き詰まってるから旅に出るなんていうのよ。小説書きたいとか。何もしないくせに」

悦夫はラーメンを啜《すす》る。夏子はセロリにマヨネーズをつけて食べている。風呂に行ってくればよかったなと悦夫は思う。

「本当にインドに行くぜ。バイトしてさ」

「好きにしたらいいわ。自由だけが取柄じゃない。この部屋だっていつ出ていってもいいのよ。まわりに気を使いだしたらおしまいよ。あたしもちょっと付合おうかな。何もすることがないし。泊らないわよ。コンクリートの床に新聞紙敷いただけで眠れると思う?」

　空気が澄んでいた。車やビルや電線がくっきりとした輪郭を持っていた。電車の振動にあわせて夏子はベージュのセーターに包んだ身体を預けてくる。敷石を割って投石できないよう駅前の歩道はアスファルトだ。学園に近づくにつれ人影は少なくなる。キャンパスには明日の反戦デーにむけての立看板がならんでいた。バリケード封鎖された校舎の窓から赤い旗がたれていた。タオルで覆面したヘルメットの男が内側から机を動かし、一人がやっと通れる隙間をつくってくれた。階段は机と椅子が積まれて一人しか登れず、上からなだれ落ちる仕掛けになっていた。床は機関紙やビラが散乱している。机のないがらんとした教室で仲間たちが立ったまま議論をしていた。はいってきた悦夫と夏子を見て唇だけで笑った。窓からは街が見渡せた。はや暮れはじめた街並を裂くように、今乗ってきた電車が明かりをつけて高架線をゆっくり走っていく。悦夫は手渡されたヘルメットに頭をいれた。幾度も塗りかえたので表面は砂が浮いたようにざらついていた。セクトの間をくりかえし往復したのだ。いらないわ、帰るから、と夏子の声が響いた。

動員された大部隊がはいってきたのか、建物全体がざわつきはじめていた。明日はこのキャンパスで大集会があるのだ。集会の後、日比谷野外音楽堂で開かれる政党の集会に合流し、国会にむかう。背よりも高い鉄パイプで武装した男たちがはいってきた。ズボンのまま車座になり、真中にリーダーが立って演説をはじめた。壁にスプレーでみるみるスローガンが吹きつけられた。壁際に立つ悦夫たちはビラを渡された。トイレの異臭がしはじめていた。水道の元栓がとめられているのだ。電気も切られた。闇が廊下や部屋の隅からたまってくる。リーダーの演説はつづく。床にうずくまっている連中は石のように動かない。

「帰るわ」と夏子が耳元で小声をだした。

「そこまで送ってくよ。右翼がうろついてるかもしれないから」

門柱や校舎の陰に人影が見え隠れしていた。レポだった。悦夫と夏子は裏門へ人影のないところを選んでいった。月光のためアスファルトや植込みが霜を降らせたように灰白く輝いていた。悦夫は足元に指を触らせてみた。爪が固い感触で拒まれた。悦夫はヘルメットを頭からとって脇に抱えた。

「ずっと講義にでていないわね。教室にいってみよう」

夏子が駆けだした。大またでゆっくり跳ぶように見えた。バスケットシューズは音もない。悦夫は夏子の後姿を闇に見失いそうになってから追った。封鎖されていない校舎の扉も鍵がこわされ、押すと簡単に開いた。人気のない古い校舎は腐った汗のような弱い酸のにおいがした。

階段教室だった。黄土色の新建材の机が半円形に幾重にもならんで巨大な容器をつくっていた。夏子は両手で羽撃くように机を打ちながら階段を下りていった。ターンターンと音が壁に反響して教室中に渦巻いた。悦夫は机の上を跳んでいった。黒板に悦夫の影がぼんやり写っていた。

「そら爆弾よお」

夏子が黒板拭きを投げた。ゆるい弧を描いてとんできた手投げ弾は、悦夫のはるか手前の机で白煙をあげた。悦夫は夏子の腕につかまって教卓にあがった。夏子が抱きついてきた。熱い舌が口にはいってくる。貪るように舌を動かす夏子の閉じた目蓋を、悦夫は見ている。教卓はベッドの広さだった。夏子は悦夫の抱えていたヘルメットを投げた。油光りする教壇にはずんだヘルメットは独楽のように回転した。夏子は勢いよくセーターを脱いだ。

「もう一度試してみるのよ。おあつらえむきの舞台なのよ。五百人が見ているわ。さあ、どうしたのよ」

「やめろよ」

思わず悦夫は夏子の腕を払っていた。夏子は横ざまに倒れ、腕を悦夫のほうに伸ばしたまま教卓から落ちた。瞬間、丸く見開いた夏子の眼が見えた。鈍い音がしたきり静かになった。間もなく夏子のすすり上げが聞こえた。夏子は立ってセーターに首をいれた。髪を前にたらして顔を見せないようにしていた。小走りに階段を上っていく。扉の開く重い音がしたが、とうに夏子の姿は見えなくなっていた。悦夫は教卓の上で女のように膝をそろえ尻をおとしてすわっている自分の姿に気づいた。


動きまわるゴム底の靴音や衣摺《きぬず》れが耳元でした。声高な議論や田舎の話をするひそやかな声が混じっていた。悦夫は新聞紙を敷いて床に横たわっていた。砂の感触が頰にあった。新聞紙は砂粒を浮きだしている。寒さのため歯の根があわない。コンクリート床に体温が吸われていく。どこからともなく染みてくる風に、壁にたてかけられた旗が小さく震える。白い光の粒が増えてくるのに気づく。歩きまわる足音が高くなっていた。怒鳴りあう声がした。死守だと激昂した声がする。馬鹿野郎、本隊が玉砕できるかよ。部屋の連中は跳ね起きていた。不意にハンドマイクの声が響き渡った。

「官憲が動きだしたぞ。ガサ入れだ。レポから緊急連絡がはいった。学友諸君、われわれはいったん退去する。四時間後にキャンパスで落合おう」

悦夫は窓辺に寄った。薄明の街は地底からせり上がってくるように見えた。街並に動くものは見当たらなかった。窓下に眼をやると、濃紺の人垣が波のように騒いでいた。窓から顔をだした悦夫たちを認め、機動隊は頭上を銀色の楯で覆った。

ダンボールを持った男が一人二本ずつとってくれと大声で叫んでいた。コカコーラの火焔壜《かえんびん》だ。発火剤の試験管がバンソウコウで留めてあった。悦夫はジャンパーの内ポケットにいれた。階段の降り口に押しあいができていた。ガソリンの臭気がした。あまったガソリンを排水口に流したなと思った。背中を押されて階段に寄る。階段の一歩一歩を降りながら足元が吸込まれるような感じがする。

怒号がした。バリケードの机が軋む。濃紺の戦闘服が見えはじめた。悦夫は傍の机の引出しにコカコーラの壜をいれ、ヘルメットを投げた。校舎の入口には機動隊員が両側にならび通路をつくっていた。悦夫は頭を抱え丸くなって歩いた。脇腹にアッパーカットをうけて屈まりそうになった。二人ほど前の女子学生が機動隊員の壁の中に連れ去られるのがわかった。女子学生を引きもどそうとした前の男も壁にはいり、悦夫の前に隙間ができた。悦夫は足払いをかけられて転倒した。後から折重なって悦夫はアスファルトに潰された。そのまま四つんばいで通路をぬけた。掌にガラス片が埋まっていた。膝がガクガクしている。駆けていくおびただしい背中が見えた。校舎の横に機動隊の輪ができていた。その中で殴られている連中が見えた。足を持たれて引摺られていく血だらけの男がいた。バリケードが燃えている。護送車がバックしてきて、消火器をかついだ警官がでてくる。校舎の窓から火焔壜が落ちてくる。機動隊の人垣が乱れる。悦夫は門にむかって駆けだしている。

歩道のアスファルトが鉄棒でめくられていた。下は固く濡れた砂だった。歩道と車道との間にあるコンクリートの段もはがし、五、六人で持ち上げてたたき割る。外からも人は集まってきた。不当逮捕された学友を奪還しようではないか！　男が門柱に登りアジテーションをはじめた。悦夫はコンクリート塊を掴む。ポケットにも捩《ね》じこむ。背後に人の波が幾重にもできるのがわかった。足裏をアスファルトにこすりつけるようにして機動隊にむかう。掌の中に転がしてコンクリートの感触を楽しむ。機動隊はジュラルミン楯を前にならべた。まだ明けきらない空に石が弧を描く。重い音がガッガッとした。悦夫は腕を後にしなわせて思いきり振った。自分の投げた石の行方を見定めた。石は濃紺の海に沈んでいく。機動隊は少しずつ縮んでいった。悦夫は手持ちの石を投げきり後に退がった。

歩道で男たちは道路工事でもしているように見えた。ベニヤの立看板で前線に石塊を運ぶ女子学生たちが華やいだ掛け声をかけていく。額から血を流した男たちがそこここにうずくまっている。すぐ後の大通りはひっきりなしに車が行き交っていた。勤めにむかう連中がバス停で騒ぎを見ていた。バスがくるとバス停には一人もいなくなる。悦夫はジャンパーにアスファルト片を包んで前列にむかった。モーションをつけアンダースローで投げた。身体が暖まってくるのがわかった。ジャンパーの袖を腹にまわして結んだ。背後で拍手が湧いた。人群が割れ、間からヘルメットと鉄パイプで武装した大部隊が走ってきた。彼らは喚声をあげて機動隊に突込んでいった。悦夫は彼らの背中を追った。人の頭で先は見えない。足元には石ころが散乱している。装甲車の屋根がすこし動いてすぐに止まった。排水溝に埋まるようにして倒れている濃紺の背中が見えた。装甲車の運転席から引摺りだされる制服。装甲車の屋根にあがって男が懸命に赤旗を振っていた。護送車の後扉を開くと、家畜のように閉込められていた連中が出てきた。彼らは銀色の手錠をはめられロープで一列につながれていた。報復の輪ができていた。すすり泣きながら若い機動隊員が小突きまわされていた。カメラを持ったジャンパーの男が輪の中にひきたてられてきた。男はおびえて声もでないようだった。カメラがたたきつけられた。悦夫が足元に転がってきたカメラを拾上げると、中からガラス片がこぼれてきた。

装甲車と護送車で大通りを塞《ふさ》ぎ止めた。行き場を失った車がクラクションを鳴らした。デモ隊が渦巻きをくりかえしながらキャンパスから出てくると、車はつぎつぎUターンして去った。早朝営業の食堂があわててシャッターを下ろした。デモ隊はスクラムを解いて散らばった。大学の大谷石の塀を崩しはじめた。電話ボックスを倒して鉄棒をとった。アスファルトの剝がされた跡は湿疹のように車道にひろがっていった。近くに止めてあったライトバンが押されてきた。自転車が護送車の車輪に挟まれた。何処から湧いたのか道路は群衆ですっかり埋まっているのだった。背広や調理衣や作業衣の男たちが、ポリバケツやダンボールを運んできては急ごしらえのバリケードを太らせていった。悦夫はアタッシュケースを持った背広の男にセブンスターをもらった。祭りだ祭りだといいながら男はライターで火を点けてくれた。男は誰彼かまわず煙草を配ってまわる。歩きまわるどの顔にも笑いがひろがっていた。装甲車と護送車の屋根は鈴生りの人だった。運転席にも入りこみハンドルやギアをいじくりまわしていた。菜っ葉服の男が装甲車の灰色のボディに釘で線を引いていた。悦夫は歩道の段にしゃがんで煙草を吸った。足払いをかけられた膝のすぐ下が疼いていた。見覚えのある青ヤッケの男が隣にかけた。悦夫は吸いさしのセブンスターを渡した。男は唇をすぼめてふかしながら声を低めた。

「どうせここは三十分ともたないぜ」

「でも楽しいな」

「銀座を解放する。指令だぜ。午後六時きっかりに数寄屋橋交差点のソニービル前集合だ。武器を積んだトラックがくる。ホイッスルを合図に蜂起だ。われわれが解放区をつくれば、群衆がのってくる。新宿と渋谷と日比谷でも同時に蜂起する。もっともっと楽しくなるさ」

「予定は変わらねえんだろうな」

ヤッケの男は肩をすくめてみせた。爪先ではずみ上がるようにして歩き群に混じった。女子学生たちに話しかけているのが見えた。悦夫はそのまま道路に寝そべった。うろこ雲が遠い空にあった。眩《まぶ》しい空を見ていると寝不足の眼に涙がたまってきた。眼の両側を指で押した。こんな風にインドの草原に寝そべっている自分を想像してみた。魚の影が近づいてきた。よく見るとヘリコプターだ。砂埃が湧いた。透明なガラス球の中で撮影機を構えている男の姿が見えた。装甲車の屋根にいる男たちの服が風にふくらんだ。

ぱんぱんと蒲団をはたくような音がした。遠くで湧いた喚声がひろがってきた。群衆が駆けてきた。あわてて悦夫は起きた。放水車が近づき急ごしらえのバリケードに水煙があがるのが見えた。装甲車と護送車の屋根で大きく旗を振る男たちがみるまに濡れそぼる。脇の路地に逃げた連中が機動隊に押戻されてきた。悦夫は大谷石の欠片《かけら》を摑んで前列に行く。逃げてくる連中と肩がぶつかる。おびただしい石が空に舞った。警察の広報車のスピーカーが甲高い声でわめきたてるが喚声で聞きとれない。刺激臭の強い霧がひろがってきた。細かい棘のように眼や口の粘膜にささった。機動隊は足並みをそろえ距離をつめてきた。ふたたび投石したが、二本の棹《さお》で張り渡した網にからめとられた。楯の間からでてきた隊員が膝をついて銃を構えた。催涙ガス弾だ。腹に直撃を受けた男がその場にしゃがんだ。アスファルトで白煙を噴きはじめた筒を咄嗟《とっさ》に悦夫は投げ返した。堤防が決壊するように黒い水が迸る。悦夫は走った。背後はすっかり崩れていた。バリケードが機動隊に取りまかれているのが見えた。激しい靴音が頭のすぐ後にあった。悦夫は前にですぎてしまったのを知った。前を逃げる群は遠い。喉元に息が絡まる。全身の力をこめて爪先を地面にたたきつけた。横道にはいった。郵便ポストや喫茶店の看板が千切れてとびのいた。

スズランのかたちの街燈があるアーケードの下を買物籠を持った女たちが歩いていた。花屋が店先のシクラメンに如雨露で水をかけていた。その水が光った。悦夫はスーパーマーケットの自転車置場の壁にもたれて息が整うのを待った。肺がひとりでにふくらんでは縮んだ。コーラの自動販売機に硬貨をほうりこんだ。冷たい泡が喉でせめぎあう。一度に汗が噴いてきた。歩きだそうとすると、膝が体重を支えきれず折れそうになった。ジャンパーの袖で首筋をぬぐった。眉に触れても指に汗がついた。

商店の間に砂利の敷きつめられた小さな公園を見つけた。悦夫は陽溜りのベンチを選んでかけた。砂場にコンクリートの動物たちが立っていた。若い母親が子供に歩く練習をさせていた。子供は笑いながら両手をあげて二歩三歩とすすみ、腰から二つ折りになり手をついた。逃げすぎたのかもしれないなと悦夫は思ってみた。ひとつむこうのベンチに妊婦がすわり、毛糸を編みはじめた。

息が静かになると空腹感がつのってきた。考えてみれば昨日ラーメンを食べたきりだ。通りの向かいの中華料理店にはいった。若い男たちがテレビに見入っていた。やったやったと男たちは騒いでいた。画面では炎が上がっている。燃えているのは警視庁の護送車だ。背中に火のついた男が護送車の屋根からとび降りる。画面が不安定に揺れる。水をかける放水車と白く糸を引いてとぶ催涙弾が見えた。戦争が鳥瞰《ちょうかん》されていた。魚のようなヘリコプターの影が家いえの屋根にかかっていた。学生もなかなかやるじゃねえかよと煙草の煙をはきながら男がいった。軽い音楽が流れ、外国の女が川辺のテラスでインスタントコーヒーを飲んでいる画面になった。男たちは食べかけの麺《めん》を啜りはじめた。悦夫は油の粘る合板のテーブルに頬杖ついた。カウンターの中で太った男が汗みずくになって野菜を炒めていた。タンメンに餃子。悦夫は壁に貼ってあるマジックインキの字を見たまままいった。

映画館にはいった。小便臭い場内に客が散らばっていた。画面では乳首が大写しになっている。ミルク色の産毛や、ピンク色の乳首の先の針で刺したような穴が見える。息づく巨大な乳房を男の毛むくじゃらの手が摑む。カメラは後退っていく。男の肩と背中と尻が見える。女が脚を絡めている。カメラはいよいよ遠ざかり、ベッドが見え、部屋全体が見えた。街路樹のある表の通りが写り、周辺の家並が写り、街全体が写される。ベッドは粗い粒子の一粒になる。街は魚眼レンズをはめたように歪む。女の鳶《とび》色の眼の中にあるのだ。女の顔のアップ。女はいかにも憔悴《しょうすい》している。人間は肉体だけでは生きられないわ、と字幕がでる。夫婦交換《スワッピング》は見ず知らずの相手で一回が限度よ。トムは死んだわ。十四階の窓から跳んで。嫉妬に狂ったのよ。女は夫婦交換パーティを誘いにきた女友達に話している。男なんて面倒ね、と女友達はいってセーターを脱ぐ。女同士はソファで絡まりはじめる。カメラはソファより低くなっていく。

映画館をでると地下鉄駅があった。改札口の駅員は国際反戦デーと白く抜いた赤腕章をつけていた。電車の中にも旗を竿に巻いた労組員たちがいた。緊急連絡、緊急連絡をいたします。天井のスピーカーから咳込むような声がする。只今日比谷駅に過激派が乱入いたしました。現在駅は閉鎖中です。この電車は東京駅でストップいたします。悦夫はホームに降りた。車内でまどろんでいた老人が駆けてきた駅員に揺り起こされた。くってかかる老人に両手を使って説明する駅員。行き先を失った乗客たちはぼんやりホームに立っている。現在復旧の見通しは立っておりません、とホームのスピーカーが鋭い声で叫ぶ。お急ぎのお客さんはバスをご利用ください。山手線も運行停止しております。色めき立った駅員に急立《せきた》てられて乗客の群は緩慢に動きだす。

駅の構内では坐り込みがおこなわれていた。低い天井の下でアジテーションが四方八方から響き、ただならぬ雰囲気だ。押されて進む悦夫は抱えきれないほどのビラを渡された。小編成のデモ隊がスクラムを組んで到着するたび坐り込んだ連中から拍手が起きた。流れのまま駅をでた。外はすっかり暗かった。歩きながらビラを一枚ずつ足元に捨てた。駅前駐車場に金網を張った警視庁のバスがならんでいた。車内で待機中の警官たちは漫画本を読んだり弁当を食べたり眠ったりしていた。

ビルの間の路地にきた。蛍光燈の明かりの満ちたガラスの箱に書類をめくっている背広の男たちが見えた。窓にむかってコの字型に配置された机で制服の女たちがタイプを打っていた。銀行の電光時計を見ると、六時までにまだ三十分間あった。

十分前に数寄屋橋の交差点に着いた。走りぬける車の屋根にネオンの色が映った。信号が変わると、白く塗られた横断歩道に両側から人の群があふれてきた。人びとの頭にもネオンの色が粉のように降りかかった。悦夫は人の流れに混じっていた。間もなくここは火の海になる。ビルの窓や電線や車や道路が一斉に燃上がる。炎はみるみるひろがっていき、東京駅構内に坐っていた連中も騒ぎだす。混乱さえ起きれば逮捕される心配はまずないなと悦夫は思った。火焔壜を五、六本道路に投げて交通を遮断すればいいのだ。向う側の歩道に着くなり信号が変わった。歩道の縁に立ち、逃げまどう群衆がどう流れるかを想像してみた。車道にむかって火焔壜を投げつづけ、群衆が逃げるのを待ってから交番を襲撃する。五、六発のコカコーラの壜をぶちこんだだけで交番は燃えだすだろう。抵抗しないなら警官は逃がしてやる。自分の身が安全だとわかれば面白半分で群衆は暴れまくるのだ。砕かれたネオンの広告塔からガラスの破片が降ってくる。映画会社のアドバルーンが夜空に放たれる。地下道からも群衆は湧いてくる。消火栓が開かれたのであたりは水びたしだ。歩道も車道も掘返されていく。催涙ガス弾とともに機動隊が現れるだろう。その時にはもう悦夫は現場にいないのだ。

交差点にチャイムが鳴渡った。六時だ。信号が青になって群衆は道路にでていく。タクシーが横断歩道の真中で立往生した。人の流れが淀む。一歩ごとに悦夫は耳を澄ました。雑踏の中でどんな微かなホイッスルの音でも聴き逃すまいとした。歩道の角に立った。それらしいトラックを捜した。たぶん盗んだ幌つきの小型トラックだ。全身が耳だった。人と車の流れが変わった。いつでも跳びだせるよう悦夫は膝を少し曲げていた。また人と車の流れが変わった。群衆は無表情だった。

曇りガラスを車のヘッドライトが横に嘗め、黄色い光が畳にこぼれた。赤いカーペットは持ち去られていた。洋服簞笥と冷蔵庫のあった場所の畳は心持ち窪んでいた。掃除機をかけたらしく畳にはチリひとつない。残っていたのはダンボール一箱の衣類と蒲団一組と少しばかりの本だった。悦夫は自分の持ち物がいかに少ないか今さらながら知った。もとに戻ったなと悦夫は思う。夏子はたぶん徹夜で荷物の整理をしたのだ。きれいに清掃された部屋に夏子の意志が感じられた。つい先程までいた夏子の化粧のにおいが残っているような気がした。壁のハンガーにベージュのセーターがかかっていた。触れるとすっかり冷たい。ジャンパーを脱いでセーターに替えた。空腹だった。意識しだすと空腹感は手におえなくなっていった。流し台の下の戸棚を開けた。黴臭い空気がふくらんできた。摑みだすとラーメンの袋はぬるりと粘りついた。破れたセロファンに指がささり、ふやけた麵に触れた。戸棚に投込んだ。手を洗った。指についていた麵が渦巻きながら排水口に吸われていった。鍋も茶碗もすっかりなくなっていた。夏子は正確に自分の物だけ選別していった。ガス台の脇にウィスキーの景品のガラスコップがあった。コップには水がくんであり、内側に気泡が虫の卵のようにならんでいた。底に虫の死骸が沈んでいた。よく見ると付け睫だ。茶色い毛にも卵が産みつけられている。悦夫は掌に水をあけて睫を摘んだ。湾曲して一列に生えそろった睫は水をはじいた。目蓋の先端にあててみる。軽く瞬いてもはずれない。両眼につけた。顔を見ようと思うが壁にあった鏡はない。

うつうつとまどろんで過ごした。体力が回復してくるにつれ、空腹感が耐えられなくなった。食パンを一本買ってきて枕元に置き、千切って食べた。喉につかえると水を飲んで胃に流した。二日間はよく眠れた。三日目になると力があまり部屋にいられなくなっていた。

仕事を探さねばならなかった。駅でアルバイトニュースを買い、その足で面接試験を受けにいった。広い会議室の端に係員がいかにも手持無沙汰にすわっていた。ねずみ色の事務服の男は、ここだ、ここだ、と遠くから声をかけてきた。係員の前で履歴書を書きながら質問に答えるのだった。病院の仕事なんて穢《きた》ないもんだけどな、と係員はボールペンの尻で机を打った。最近の学生は手を汚すバイトなんかしたがらんな。悦夫は小学校に入学してからの年月を指折り数えながら、何でもしますよと顔をあげた。悦夫の視線に気圧《けお》されたのか係員は薄ら笑いを浮かべた。あんたがきてくれたおかげで格好がついたな、と係員は書類に書込みをした。広告料使って誰もこねえなんて担当者の責任だからよ。営繕課で白衣あわせてこいや。これがタイムカード。八時半より遅れるとスタンプの色が変わるからな。

地下の天井には水滴のならんだパイプが張りめぐらされていた。悦夫は壁の矢印をたどった。白い布が散乱した天井の低い部屋で、小柄な女が二人ミシンを踏んでいた。書類を差出すと、女はいかにも億劫そうにミシンを離れ、棚から上着をとって悦夫の胸にあわせた。

配属先の放射線科にいく。廊下のベンチに隙間なく人がすわっている。書類を見せると受付の女子事務員は中にはいるよう人差し指を曲げ合図を送ってきた。無神経な動作に少し腹が立った。事務室にはねずみ色の事務服の娘が一人しかいなかった。丸く切られたガラスの窓口からひっきりなしに患者が声をかけてきた。悦夫は立ったままでいた。遠くでガラス器の砕ける音。悲鳴のようなけたたましい子供の泣き声が響き渡った。黒い防護服を前掛けのように着けた看護婦がスリッパの音をたて廊下を駆けていった。

「こき使われるわよ。人手不足だから。あなたの前には区役所定年になったおじさんがいたけど、三日目にこなくなったわ。若い元気な男の子がいいって婦長さんがいってた。看護婦さんたち喜んでたわ」

事務員は回転椅子を軋ませてむき直りながらいった。たまったカードを持って奥の部屋に行った。間もなく看護婦が四人やってきた。悦夫が会釈をすると、看護婦たちはおたがいを見合って奥に帰った。悦夫は近くの椅子にかけた。ガラスの丸窓から老いた皺《しわ》だらけの顔がのぞき声をかけてきた。走ってきた事務員がカードを受けとった。

「婦長さん手が離せないの。明日からよろしくって。今日はどうせ日当はつかないんだから、もうお帰りなさいって」

事務員は一言一言わざとらしいほどはっきり発音した。訛《なまり》を気にしているのだなと悦夫は思った。

ワゴンを押して地下の薬品庫に降りた。婦長の書いた伝票を見ながら作業衣の男が棚から小箱を集めてきた。放射線科に戻ると患者たちが受付の窓口にならんでいた。ナイフで赤鉛筆を削っていた女子事務員が悦夫を見て患者たちの肩越しに手をあげた。悦夫は看護婦に指図されるまま各レントゲン室や注射針や薬品を配った。洗面器の消毒液をとりかえた。名前を呼ばれた患者がレントゲン室にはいってきて無造作にシャツを脱いだ。

「あの人たち、やる気あるのかしら。あなた、呼んできてくれない?」

婦長にいわれて悦夫はレントゲン技師控室のドアを指の節で打った。十人ほどの技師たちが着替えをしたりテレビのモーニングショウを見たりしていた。壁の釘に鉛の防護服や背広が重ねてかけてあった。カップヌードルを食べている若い男が折畳み椅子をひらいてくれた。悦夫は後手にドアを閉めた。

「あの、呼んでますけど。患者がもう裸になってます」

「患者は自分のことだから必死になるさ。待たせても文句いわねえよ。ガタガタいうのは看護婦ぐらいのもんだ」

奥のソファに脚を開いてかけている男がいった。テレビを見て二、三人が笑い声をたてた。

「呼んでこいっていわれたんです」

声は聞こえていないみたいだった。悦夫は衝立《ついたて》にもたれ、テレビの色を顔に受けている男たちを見ていた。いきなりドアが動き婦長の顔がのぞいた。婦長は悦夫を一瞥《いちべつ》してから技師たちを見まわした。

「あんたたち、仕事だけはしっかりやりなさいよね。そのほかは何したって誰も文句いわないのよ」

男たちはぐずぐずと立上がった。スリッパを引摺って部屋を出ていった。牛乳を飲んでいた男が空壜を椅子の下にいれ、テレビを消した。患者の名前がつぎつぎに呼ばれはじめた。看護婦たちの上ずった声が行き交う。ストレッチャーで入院患者が運ばれてきた。引率してきた病棟の看護婦が悦夫にカルテを渡して帰っていく。悦夫はいわれるまま太った中年男をレントゲン室にいれた。ビニール張りの診察ベッドに移しかえ、肩の下にスポンジ枕をこじいれた。のけぞった男の喉元を看護婦がアルコール綿でぬぐった。先生早くきてくださいと咎《とが》めだてする声で看護婦が電話をかけていた。間のびした頃、悠然と医者がやってきた。医者は洗面器の消毒液に手をひたし、看護婦がピンセットで摘んだガーゼを受けとると、男の喉の静脈を指先で探った。医者に怒鳴られ悦夫は男の肩を押さえた。男のおののきが掌の中にあった。医者は患者の喉元に屈み、静脈に針を刺そうとしていた。はあい力をぬいて、と医者が子供をさとすようにいった。血管が逃げるからね。いつまでも終らないよ。男は脂汗を噴きはじめていた。男の足の指が開いては閉じるのが見えた。医者が背筋を伸ばすのを待って、看護婦や悦夫は深呼吸をした。男が眼玉を剝《む》きだすようにして周囲を見まわした。つられて悦夫は壁を見た。薬品や血痕でいたるところにしみができていた。看護婦が男の眼に細長いガーゼをかぶせた。男は全身を突っぱらせた。医者の指に強引に力がはいるのがわかった。はいっと医者が叫んだ。悦夫は看護婦にしたがいあわててドアを走りでた。男の喉につながれた黒いゴム管が揺れていた。大掛かりな機械の作動音がした。針をぬくと色の悪い血液が丸くふくらみだした。男の唇は血の気が失せ灰色だった。ストレッチャーに移しかえる時、男は吐いて自分の寝間着を汚した。苦しそうな声のわりにはわずかな胃液がでただけだった。喉元に真四角の小さな絆創膏《ばんそうこう》が貼ってあった。悦夫は男を顎まで毛布でおおってレントゲン室から連れだした。男は目蓋を重ねたまま動かなかった。手を離すとストレッチャーは惰性で動いた。壁に当たり斜めになって止まった。

昼休みになるや看護婦もレントゲン技師も何処へともなくいなくなった。悦夫は半日で造影剤や患者の血のにおいが身体にしみた気がした。白衣のズボンがぶかぶかで、歩くと布がこすれて裾から空気がぬけた。

屋上には誰もいなかった。金網の縁を薄汚れた鳩が一羽尻を振り振り歩いていた。角までくると、鳩は太った身体をもてあましたように不器用に曲がった。金網を檻《おり》のように天井まで覆った向かいのビルの屋上から、バレーボールの声が聞こえてきた。天井には鳩の群が錘《おもり》のように羽を休めていた。悦夫はサンドイッチを頰ばってはストローで牛乳を啜った。牛乳の三角の容器がへこんで軽くなった。

金網の縁を歩いていた鳩が翼を鳴らしてとびたった。野菜の根のようなピンク色の足が見えた。鳩の行方を追って見上げた空は重苦しいほどに曇っていた。ビルの街をすっぽりと囲う巨大な球形のドームを思わせた。

「エレベーターの数字見てたら屋上で降りたのがわかったから」

女子事務員が悦夫の隣にかけた。紙袋から肉まんじゅうを摑んで悦夫の手に置いた。悦夫は悪いなあといってまんじゅうを割った。中から細い糸のような湯気が昇った。

「失礼して食べさせてもらうわね。いつもこのベンチで食べるのよ」

女は手提げから紙包みをだした。小学生が持つようなアルミニウムの小判型弁当箱だ。卵焼きの黄色が眼についた。

「スキーの資金つくり?」

「世界一周するんだ」悦夫は指の腹についたまんじゅうの皮を唇に挟んだ。「東南アジアからインドに上陸して、陸路づたいにヨーロッパまで行くんだ」

「そうは見えないわね。とても自信なさそうよ。おどおどしてると、看護婦さんにつけこまれるわよ」

「アフリカもアメリカもいくさ。アルゼンチンあたりから船で南太平洋の島に渡るんだ。三年ぐらいかけてさ」

ふうんと女が息をはいた。向かいのビルから鳩の群が舞上がった。檻の中で男たちがバレーボールを投げつけていた。鳩の群は上空で旋回して隊列を整えると、悦夫のいるビルのボイラーの煙突にとまった。

「わたしなんか、旅にお金かけるんなら、洗濯機買ったほうがいいって思っちゃうのよね。これから寒くなるでしょう。一人分でもお洗濯がつらいのよ」

「何処でのたれ死んだっていいんだ。覚悟はついてる」

「牛乳とパンで節約してるんでしょう。明日お弁当つくってきてあげるわ」

「悪いなあ。住所教えてくれよ。ヨーロッパに着いたら何か送るから」

「絵はがきでいいわ。まだ外国からもらったことないの」

早口になるにつれ女の言葉に訛が混じることに悦夫は気づいた。三個あったまんじゅうを温いうちに悦夫は全部食べた。お茶が飲みたかった。女は膝と靴先を揃えてすわっていた。

煙突に身を寄せあう鳩は風に毛羽立っていた。ふと気づくとパジャマの男が金網に指をいれ立っていた。パジャマは小刻みにはためいていた。日本て寒いわよねと女がいった。悦夫は紙袋を丸めて遠い金網のくず籠に投げた。籠の中で紙くずが動いていた。男はりんごをポケットからだし、パジャマの裾で拭いた。

午後の最初の仕事は診察室やレントゲン室のベッドのシーツ交換だった。患者が寝ていると後まわしにした。糊のききすぎたシーツをひろげるだけでも力がいった。前のとおり見よう見まねでやった。汚れたシーツをワゴンに積んで地下に運んだ。蒸気のこもった暑苦しい洗濯室で、胸までのゴムの前掛けをした女たちが、渦巻く泡に汚れ物をほうりこんでいた。裁縫室に寄った。ミシンの音はしていなかった。白い布きれの間で二人の女は座蒲団を枕に横たわっていた。悦夫はズボンのももを摘んでみせた。

「おばさん、替えてくれよ」

「好きなの自分でとっていってよ」

女は口をあまり開かずにいって眼をつぶった。

「いいなあ。昼寝できていいなあ」

「あんたらとは違ってやることはやってるのよね。この病院のミシンかけは全部二人でやってるんじゃない」


台に均整のとれた女の肉が横たわっていた。無影燈に照らされた裸体はたった今海からあがった息のある魚を思わせた。メスやゴム手袋をワゴンに揃える悦夫を、女は化粧のない顔で無表情に見ていた。とても病気とは思えない身体の張りだ。仕事のふりをして台を一周する。陰毛はきれいに剃られ恥骨の丘が浮いている。悦夫の視線の先に看護婦がガーゼを置いた。悦夫は視線を脚にそっと逃がした。足の裏に糸を埋めこんだような皺があった。真中に穴があいている大きな布を看護婦と二人がかりで女にかける時、ガーゼがとぶのが見えた。

医者がやってきて悦夫はレントゲン室を出た。機械の前の椅子に技師とならんでかけた。技師はテレビカメラの位置を調整していた。内側からレントゲン室のドアが閉められた。医者が三人に看護婦が五人、台の上の女を囲んでいた。テレビの画面ではよってたかって嬲《なぶ》っているように見えた。技師が機械に足を投げ少年マガジンをめくりはじめた。靴下がにおった。朝から廊下の長椅子を雑巾がけさせられたので悦夫の指は白っぽくふやけていた。朝食ぬきで空腹だった。

技師が靴下の先でスイッチを倒した。テレビの画面に航空写真のような灰色の線が交叉した。道路のような血管を黒い針金が昇っていく。心臓にむかっているのだ。悦夫は中学生の時顕微鏡で見た汚水の微生物を思い出す。

遠くで悦夫を呼ぶ声がした。知らぬふりをしているとすぐに甲高くなった。廊下に婦長が立っていた。伝票を渡され、地下から薬品をとってきた。撮影中貧血で倒れた胃癌《がん》の男を入院病棟まで送っていった。相部屋のベッドで、少年がトランプの一人占いをしていた。男は自分のベッドにへばりつくなり悦夫を呼びとめ、枕元の戸棚からみかんを二個摑んだ。

技師とみかんを一個ずつ食べた。前進していく針金が画面に見えた。エネルギッシュに動く心臓は別の生きもののようだ。隣の画面に看護婦の顔が大映しになり、乱暴にドアを開けてできた。みかんの筋がついた指で技師がボタンを押した。貨車が連結されるような金属音がした。

上気した顔で看護婦が女の腰を血まみれのガーゼで押さえていた。下腹部を覆っていたガーゼはよじれてももに貼りついていた。汗に濡れた身体を横たえている女はいよいよ水揚げされた魚を思わせた。息のたび女の胸は大きく波打った。危ないところを救いだされた獣のように柔和な眼をしていた。

悦夫は医者が使わなかったゴム手袋をした。血で汚れたピンセットや鉗子《かんし》や長いバネ状の針金をポリバケツにほうりこんでいると、ルエスと看護婦が鋭く叫んだ。思わず悦夫はバケツを床に置いた。別の看護婦が寄ってきて耳元で小声をだした。

「梅毒よ、気をつけなさい」

女は毛布にくるまれ運ばれていった。看護婦たちもでていく。悦夫はポリバケツに入念に消毒液をいれた。部屋は鉄錆のような血のにおいに満ちていた。

「汚しやがって」と技師がモップを壁にたてかけた。「きれいに拭いといてくれよな」

モップの柄が壁をすべってプラスチックタイルの床を打った。悦夫は消毒液と洗剤の粉末を床に撒《ま》いた。モップでこするとピンク色の泡がでた。泡はこするにしたがい黒ずんできた。

手を石鹼で洗っては洗面器の消毒液にひたし、また石鹼をつけた。指ばかりでなく爪も粉を浮きだしたように白くなっていた。受付の窓口にカーテンが降り、事務室には誰もいない。技師控室から大きな笑い声が響いてきた。見えない傷口にあの女の血液が触れていないか心配だった。消毒液の風呂にでもはいりたい気がした。壁の時計では昼休みになって三十分間たっていた。

悦夫は肩をすくめてエレベーターの箱からでた。女子事務員は屋上のエレベーターの前に立っていた。

「待ってないと思った？」

雨が降っていた。空を見上げても雨は見えなかったが、ボイラーの煙突にカミソリ傷のような鋭い斜めの線があった。屋上に水溜りができていた。金網の根元の排水口に渦を巻きながら吸込まれていった。渦巻きは一メートル間隔でできていた。

立ったまま女は肘にかけた手提げ袋から紙包みをだした。銀紙に握り飯がはいっていた。悦夫は一個を摑んだ。

「一時間早く起きてつくったの。御飯熱いうちに握ったから、手を火傷しちゃって」

女は手を見せようとはしなかった。時どき横なぐりの風が吹いた。雨は足元の床まで吹込んできた。プラスチックの床に銀色の球になって転がった。悦夫は女と壁にもたれて握り飯を頰ばりつづけた。

「君って」といって悦夫は息をのんだ。黒く濡れた金網のむこうに、淡い水色に煙った街がひろがっていた。「君って、料理がうまいんだね。よかったらさ、今度ゆっくり食べさせてくれないかなあ。この頃、ろくに食べてねえんだ。鯖焼き定食とか納豆定食ばかりでさ」

包丁で俎《まないた》を打つ跳ねるような音が耳に心地よい。流し台にむかっている女の後姿を悦夫は見ている。月遅れの婦人倶楽部を見るとはなしにめくっては、冷えた茶を啜る。よその部屋の物音がひっきりなしに聞こえてくる四畳半のアパートだ。壁にはセザンヌ展のポスターが貼ってあり、スチールの飾り棚にこけしや泥人形の天使やオルゴールの小箱がのっている。悦夫はトランジスターラジオを膝に置いてスイッチをいれる。軍事評論家だという男が、アメリカ軍にレザー光線銃がとりいれられたと話している。演習の時おたがいのヘルメットに発光器をつけ、銃撃戦で命中すると赤ランプがついてブザーが鳴る。はいっお前は戦死、とつまみ出されるので実戦の気分がでるそうだ。草原でふざけあっている兵士たちの姿が浮かぶ。こんな戦争なら楽しいだろうなと悦夫は思う。

畳で電気釜が蒸気を噴上げる。悦夫は女のふくらはぎを見ている。赤味がさした肉の中にかすかに血管が見える。女は工作をしている子供のように夢中になっている。ラジオに雑音がはいってレザー光線銃の話が聞きとれなくなる。ダイヤルをまわすと、意味のわからない外国語がはいってくる。悦夫のベージュのセーターは湿気《しけ》てくる。

「キャベツ巻のはずだけど、キャベツスープみたくなっちゃった。後でじっと見てるんだもの、手が震えちゃうわ」

女がスープ皿を悦夫の前の卓袱台《ちゃぶだい》に置いた。半透明のキャベツが浮き、挽肉とみじん切りの玉葱が沈んでいる。

「殺風景でしょう。何も買わないもの。貯金してるの。結婚するのにお金がかかるっていうから」

「結婚するのか？」

「するわ。誰だってするわよ」

女は前掛けをとって正座し、食べましょう、いただきます、と飯茶碗を持った。キャベツのスープは見かけよりもうまかった。葉脈の見える柔らかい葉を嚙むと歯に熱がたまった。息で前歯を冷やしていると、女は箸を持った手を口にあてて笑った。

「田舎に帰ろうかなって思うの、この頃。一人で意地張ってアパート暮らししていても、おもしろいことないわ」

「俺と旅行にいくか？」

「結婚もしないのに」

「すればいいさ」

「あなたのことよく知らないわ」

すぐわかるよ、と悦夫は茶碗を置いた。膝で歩いて卓袱台をまわりこみ、女の顎を指先で触れた。ぎこちなく力のはいる女の肩を強引に引寄せた。女は自分の口を両手で塞ぎ、肩を激しく左右にゆすった。悦夫は力をゆるめた。女の額の生え際に小さな汗の粒がならんでいた。膝に落ちた飯を女はうまく茶碗にいれた。悦夫は自分の座蒲団に戻ってあぐらをかいた。女はうつむき、スプーンでしゃかしゃかと皿をすくいスープを口に運んだ。悦夫は後頭部を音がでるほど拳でたたいた。

「俺は馬鹿だな。知合ってからまだ二日しかたってねえのにさ。俺、帰ろうか?」

「いいわよ。早くお食べなさい」

「気悪くしたろうな」

「あなたがおなかすいてるっていうから、食べさせてあげてるのよ。それだけなのよ。誤解しないでね」

悦夫は皿に唇をあててスープを啜った。ずずっと唇が鳴った。スープは生ぬるくなっていた。女のスープに波が立った。笑ったのだと悦夫は思った。

悦夫は窓辺に立った。隣の家に芝生が見えた。水銀燈に照らされた芝生はあおみどろの繁殖した古い沼のようだ。部屋着の男がゴルフの練習をしていた。男の身体がしなうたび布を打つ鈍い音がした。女は後片付をしていた。水音と皿が触れあう音とが部屋に籠った。熱い衝動がみるみるふくらんでくるのを悦夫は快く感じていた。忘れそうになっていた感覚だ。恐いものなどないはずだった。女の背後に立って呼吸をはかった。洗い桶からはね散る水滴が輝いていた。女は手を動かしやめないまま振りむいた。女が息を吸込むのにあわせて唇に唇を押しつけた。湯呑み茶碗が女の手からすべってステンレスの角に砕けるのが見えた。舌は歯に拒まれていた。かまわず胸にまわした腕に力をこめた。女はいやいやをするように足踏みをした。舌は口の中にはいっていた。嚙むなら嚙めと悦夫は思った。舌先で歯の裏側をなぞり、舌を探りあてた。女の力がふっとゆるむのがわかった。悦夫は足払いをかけて女とともに畳に倒れた。

湯のたぎる音で目覚めた。鏡台にすわる里恵のスリップの後姿が見えた。肩から紐がはずれそうになっていた。蒲団の中で身じろぎすると汗のにおうぬくまった空気がでてきた。はじめての女の部屋だなあと悦夫は思う。ぬくみを逃がさないよう蒲団の端を顎ではさんだ。起きなさい、遅れるわよ。女は鏡の中から悦夫を見ていた。眼を離して口紅を塗り、チリ紙をくわえた。薄膜のようなスリップに胸から腰にかけての線が透けた。悦夫はこの女ともう何ヵ月も暮らしているような気にふとなった。

エンジンの空ぶかしの音がした。パパいってらっしゃーいと子供の声が聞こえた。短くクラクションを鳴らし、マイカーは出発する。里恵はワンピースを頭からかぶり、穴から這いあがるような格好で首と腕をとおした。悦夫は里恵の歯ブラシを借りた。里恵はカップにティーバッグをひたす。指先と結ばれた白い綿糸を茶色の濁りが上っていく。

「お砂糖いくつ?」

口をゆすぎながら悦夫は人差し指を立てる。顔に石鹼を塗る。

「カミソリないかな」

「使ったのでよかったら」里恵は鏡台の引出しを開けた。「おとつい脇の毛剃ったの。捨てなかったからあるはずよ」

「一日ぐらいいいな、髭さ」

「朝は紅茶だけなの。昨夜のキャベツ巻あるけど、あたためる？　今日はお弁当なしよ」

紅茶は化粧クリームのにおいがした。部屋は掃除がゆきとどいていたが、よく見ると畳は埃が積もったように灰白色にすり減っていた。

「金物屋さんで合鍵つくっておくわね」

ドアの鍵をまわしながら里恵はいった。アパートの廊下は生ゴミの饐《す》えたにおいがした。張渡されたロープに濡れたおしめがかかっていた。ドアを開放して靴を揃えていた中年女が、しゃがんだまま悦夫と里恵とを見つめた。コンクリートの階段は角が削れていた。玄関口で自転車の空気をいれていたパジャマの男が手を休めて無遠慮に悦夫を見た。あれ管理人よ、と里恵は最初の角を曲がるなり悦夫の手を握った。一人と二人では部屋代が違うの。きっと喜んでるわ。

駅に近づくにつれ道路は勤め人たちであふれてきた。里恵の掌が汗ばんでくるのがわかった。改札口をぬけ階段の途中で動けなくなった。駅員が黄色いロープを張って人群を抑えていた。電車がいくたびロープを床にたるめ、鋭いホイッスルとともに両腕をひろげた駅員が懸命に群を制止させた。里恵は頭を悦夫の胸につけていた。鼓動を聞いているのだ。

乗換えの駅で里恵は人に見られるから一台遅れていくといった。手を離すとすぐに里恵は混雑にまぎれた。群に身をまかせ目蓋を閉じていると、靴の底から車軸の回転が伝わってきた。
悦夫自身もゆっくりと回りはじめるような気がした。これでしばらくは退屈しないですむなと
思ってみた。新しい女だ。流れのまま電車を降り、ホームを押されて道路にでた。朝の光に洗
われているビルの間に見慣れた病院の建物が見えた。技師室やレントゲン室や、地下の裁縫室
や洗濯室にたいして、悦夫は勝ち誇ったような気持になっている自分に気づいた。
「これ五百グラム包んで」

悦夫はガラスケースに指で丸を書いた。特上牛肉だ。指先に湿った冷たい感触がついた。里恵はプラスチックの籠に椎茸や長葱やレモンをいれていた。悦夫はアルマイトの鍋を抱えた。陳列棚の角に身をひそめ、わあっと里恵の肩を突いた。里恵は別に驚いた様子もなくレジにむかっていった。店をでる時悦夫は紙袋を渡された。夏子とよくはいったスーパーマーケットで、夏子と毎日腕を組んで歩いた道だ。夏子の名義で借りたアパートだった。また元の生活が戻ってきたのだなと悦夫は思った。

部屋にはいるなり悦夫はコップの水を捨てた。排水口にひっかかっていた付け睫を指で押しこんだ。わたしの部屋よりずっといいじゃない。里恵は部屋を歩きまわった。一人で暮らすのはもったいないわね。お手洗いも水洗だし、里恵の声がやみ、しばらくしてトイレで水を流す音がした。微かな塩素のにおいが漂ってきた。

「マグロ船に乗ってもいいなって思うんだ」

悦夫は話していた。口に唾液がたまってきた。

「くる日もくる日も海ばかり見ているとさ、間のぬけた魚の顔でも見ると気が休まるんだって。マグロ船でメキシコあたりまで出かける友達がいるからさ、炊事係でも甲板夫でもなんでもいいからって頼めるんだ。その友達がさ、この前土地三十坪買ったんだ。白馬岳が見える山林でさ。日本に帰ってても住むところがないからさ。みんなで山小屋つくりにいったよ。電力会社から古い電柱払下げてもらったり、製材所から材木の端切れもらったりしたんだ。テント張って突貫工事さ。春から準備したんだけど、冬になりそうだ。白馬岳が一晩で真白になった。朝起きるたびに雪が一歩一歩近づいているんだ。陽が出ている間は働きづめだったさ。小屋が完成してみんなでお祝いしたつぎの朝は、屋根に雪がのっていたな。三年前のことだけど」

里恵が煮えている肉を菜箸で挟んで悦夫の小皿にいれた。悦夫は長葱を手摑みで鍋にほうりこんだ。

「今度さ、その小屋に遊びにいこうか。スキー場の近くなんだ。一冬に三回は誰かが雪降ろしにいかなくちゃならないんだ」

悦夫は電熱器を八百ワットに切りかえた。ジィーンとニクロム線が鳴った。彼らの小屋など何処にもない。だが話すうちに小屋の細部までできてくるのだった。

「誰もいない時が多いから、ガラスは使えないんだ。板の窓で、上に蝶番《ちょうつがい》つけた。突支棒《つっかいぼう》をしとく。そのかわり屋根は透明なプラスチックのトタンさ。結構明るいよ。煉瓦で炉もこさえたしね。薪を燃やしても本ぐらいは読めるさ、読もうと思えば。一晩中火を見て過ごすんだ。炎って、見ていると飽きないもんだぜ」

箸で摑むと牛脂はぷるぷる震えた。ウィスキーを買わなかったのは失敗だったなと思う。悦夫は話すのをやめて牛脂を嚙む。

「わたしの田舎も寒いわ。雪は降らないけど、冬中染みるような乾いた風が吹くの。麦畑から土埃が湧いて、渦巻きながら空に昇っていくわ。霜柱を踏んで学校に通うの。毛糸の帽子を口までさげて歩くのよ」

里恵は膝を崩した。頰が上気していた。

「風のない朝は、電柱を嘗めながら歩くの。手はあかぎれで、洟《はな》をたらして。山が紙で切りぬいたみたいにくっきり見える。線路をね、屋根に雪を載せた列車が走ってくるの。カーブしたところがあって、必ず雪が崩れて落ちるのよ。雪はいつまでも溶けないわ。埃がついて真黒になって、固い氷になるの」

「レールに耳をつけるとさ、遠くても汽車がくるのがわかるぜ。線路に釘をのせて小刀つくったな。電車だと磁石になるんだ」

悦夫は嚙みきれない牛脂の筋を口からだした。唇のまわりが脂でギトギトした。

「線路の先には広びろとした世界があるんだって憧れてたわ。その汽車に乗って東京にでてきたんだけど」

「俺、今度マグロ船に乗るぜ」

「世界一周するっていわなかった?」

「メキシコに着いたら、乗組員やめるんだ。騙《だま》すみたいだけど」

「早く病院はやめたほうがいいわ。みんな同じところに何年もいるのでおかしくなってるのよ」

「ビールでも飲みたくない? 俺、サントリーレッド買ってくるけど」

「赤玉ポートワインが好きなの」

悦夫ははずみをつけて立上がった。煮える鍋と、うっすらと汗をかいた里恵の額が見えた。里恵はハンドバッグを開いて千円札を出した。郵便物が投げこまれたのかと思った。ノックの音だった。悦夫が返事をする間もなくドアが開いた。沓脱《くつぬ》ぎに踏込んでくる赤いバスケットシューズが見えた。夏子だ。

「大学のクラスメートなんだ」

咄嗟に悦夫は里恵にいった。里恵は立って夏子に深く頭を下げた。夏子は小さなボール箱を紐でさげ沓脱ぎに棒立ちになっていた。

「まああがれよ。俺さ、今度病院でバイトはじめたんだ。そこの事務の人」

夏子は手を使わずにバスケットシューズを脱いだ。まっすぐ流し台に行きコップに水をくんで飲んだ。付け睫が沈めてあったコップだ。夏子は裸足の足裏に畳の粘りつく音をたてて歩きまわった。埃がついていないか調べるように窓の桟に指を触れ、肩をすくめたりした。

「よかったわね、恋人できて」

「何か用か？」悦夫は親指を握りこんでいった。

「いっしょにお茶でも飲もうと思ってさ。シュークリーム買ってきたの」

「おかけになったら？」

里恵がいった。強い調子の声だった。夏子が鼻で笑うのがわかった。焦げるにおいがした。鍋に水気がなくなっていた。悦夫は電熱器のコードを引いてコンセントをぬいた。

「なんだか調子狂っちゃうのよねえ。わたし、立場ないじゃない」

夏子は二歩三歩と足踏みして両腕をぶらぶらさせた。里恵を顎でしゃくった。

「この人、誤解してるみたいだし。わたし、ただのクラスメートよ。講義のノートなんか貸してあげてるのよ。見かねてパンツぐらいは洗ってあげたことあったけど」

「すわれよ。腹へってないか？　肉はまだあるぜ。俺、ひとっ走り酒屋にいってくるからさ」

「たった一週間じゃない。謝ろうと思ってきたのよ」

「謝るって？」

「わたし、カーッときちゃって。友達に工務店の娘がいて、トラックだしてくれたのよ。本当はさ、あなた、まいってると思ったのに。ひどいじゃない。何処から拾ってきたのよ、この女」

　里恵はゆっくりと近づいて夏子の前に立った。背丈が同じくらいだった。夏子は横に動いて大声をだした。

「ここはわたしの部屋じゃないのお」

　どちらの女でもよかった。これは女たちの闘いだった。悦夫は冷やかに二人の女を見較べている自分に気づいていた。力が一方に傾斜していった。緊張がゆるむ。冗談じゃないわよねと夏子の声がした。ピエロはごめんよ。夏子はことさら里恵を見ないようにしてバスケットシューズをつっかけた。悦夫を見て薄ら笑いをした。靴から空気のぬける音が廊下をせわしく遠ざかっていった。

　悦夫はコップに水をくんで鍋にあけ、電熱器のスイッチをいれた。水の面に脂の玉がならんだ。コップの縁に口紅がついていた。夏子はふだん化粧をしなかったなと悦夫は思う。空気のぬける靴音がまだ聞こえる気がする。悦夫は指で口紅をぬぐった。勢いよくだした水でコップを洗った。里恵はドアに錠をおろし、窓のカーテンを引いた。流し台にあったシュークリームの箱をゴミ箱に投げた。里恵が動くたび細かな埃が湧くのが見えた。卓袱台を壁に寄せ、部屋の中央に座蒲団をふたつならべた。里恵は正座して悦夫を見上げた。コップを握ったまま悦夫が流し台のステンレスにもたれていると、里恵は向かいの座蒲団を指先でたたいた。

朝起きると卓袱台に新聞紙がかぶせてある。折込みチラシのメモ紙に、味噌汁をあたためるようにとか、冷蔵庫に漬け物がはいっているとか走り書きがしてある。悦夫はパジャマのまま食事をとる。膳をかたづけ原稿用紙をひろげてみる。小説を書くつもりだ。地下の採石場に棲《せい》息《そく》した犬の群のことだ。保健所の若い職員が主人公になる。毒の肉を撒いたが犬たちは見むきもしない。投光器をあてて銃殺しようという意見もでたが、結局穏便な方法ということで餓死させることにした。ゴミを投棄にくる者を見張る仕事が彼に割当てられた。彼は一日中穴の入口にいた。いやおうなく群と向きあうことになったのだ。警戒して姿を見せなかった犬たちも、餓えてくると空の見える穴の入口に集まってきた。彼がいるので薄暗がりにたむろする。唸り声が聞こえるが、光る眼玉しか見えない。透明な生き物がうごめいている気配だ。彼はダンボールをつぶしてすわり、闇に視線をこらす。動きまわる群の一匹一匹がしだいに識別できるようになる。彼の足元にたゆたう薄闇は巨大な飢餓感の海だ。犬たちの充たされぬ飢えは彼の内部にもしみてくる。彼は切れた電球をたくさん見つけ、暗がりに手榴弾のように投げつけたりする。

頭の中にあるかたちも言葉になってでてこない。細部ができないのだ。原稿用紙は白いままだ。それでもしようとすることがあるだけましだと思うようになっている。悦夫は留年が決まった。卒業試験を受けにいかなかったのだ。夏子と暮らした部屋は引払った。荷物は一人電車で里恵の四畳半に運んだ。本は近所の古本屋に売払い、苦労したのは蒲団だけだった。夏子があの部屋に戻ったかどうか知らない。同じ場所で働くのを里恵がいやがったため、病院もやめた。先のことはおいおい考えていこうと思う。さしあたっては生活に困らない。

悦夫を呼ぶ声がした。一階で管理人が怒鳴っているのだ。悦夫はパジャマの上にズボンとセーターを着け、里恵のサンダルをつっかけて部屋をでた。廊下のロープに女がおしめを干していた。管理人室前の受話器が倒れていた。垢だらけのピンク色をしたプラスチックの小穴から男の太い声が洩れてきた。

「こちら新宿駅です。奥さんが倒れました。只今保護いたしております。大至急おいでください」

テープレコーダーのような声だった。先方が受話器を置いた時チンッと鋭い音が頭に刺さった。管理人は玄関先で自転車を拭いていた。リムをていねいに布で磨いている。背後を通りながら悦夫は電話の礼をいったが、管理人は作業の手を休めなかった。

電車はがらあきだった。隣の禿頭の男が腕組みして念仏のように独言をつぶやいていた。聞くとはなしに聞くと、天気図をそらんじて今日の空模様の予測をしている。悦夫はズボンの裾からでてくるパジャマを折込む。高架線の電車の影が沢を登るケーブルカーのように激しく下の屋根をなぞっていく。

改札口の駅員は腰を毛布でくるんでいた。足元に電気ストーブの赤が見えた。駅員の指差すドアを開けた。だだっ広い事務室では制服の男が一人リズミカルにスタンプを押していた。悦夫は響きのよい声をだそうと喉の奥に力をこめた。

「電話もらったんです。女房が倒れたって。どうもご迷惑かけまして」

男はスタンプを倒して立上がった。男の制服はアイロンをあてすぎたらしく光っていた。階段を下り、鉄梯子や古戸棚の置いてある窓のない廊下をたどった。男は身体を斜めにして地下室らしい鉄の扉を押した。情熱的な弾みのある音が切れめなく響いていた。正確な間隔をおいた音はコンクリートの天井や壁や床に反響し、近づくにしたがい異様な迫力を持ってきた。紺色の作業衣の男が二人ピンポンをしていたのだ。相手をやりこめようとするのではなく、ゆるく打って相手から玉が返ってくるのを楽しんでいるやり方だった。水族館の中のように蛍光燈が弱い光を放っている同じ部屋の片隅に、鉄パイプの二段ベッドが五台ほどならんでいた。悦夫を案内してきた男が立止まった。

里恵は下段ベッドで毛布にくるまっていた。悦夫の顔を見るなり笑おうとしたが、笑いは固まらないうちに支えきれずに散った。顔色と明るい化粧の色とが違いすぎていた。

隣のベッドが軋んだ。上段で紺の作業帽子をかぶったまま男が眠っていた。里恵は二つ三つ肩で息をした。悦夫は鉄パイプを握った。ベッドは塗料の剝げたところから錆の結晶が浮きだしていた。

「どうした？　驚いたぜ」

「ホームで急に気分が悪くなってしゃがんだの。ごめんなさい」

「帰ろう。歩けるか？」

「病院に電話いれなくちゃ」

里恵は毛布をめくった。コートを着ていた。毛布は石油のにおいがした。悦夫は手を伸ばしたが、里恵はベッドに横すわりになった。頭がつかえて窮屈そうだ。ベッドの下にあった靴をそろえてやった。枕に長い髪の毛が貼りついているのが見えた。払おうとすると、乾いた古い毛だった。

皺だらけのコートで一人歩いていく里恵を、男たちがピンポンをやめて見ていた。悦夫はベッドの枕元からハンドバッグを持った。案内してくれた男がドアを開けて待っていた。

カラータイルの貼ってある地下道だ。悦夫は里恵の肩を抱いて人の流れに混じった。里恵は体重をかけてはこなかった。里恵の髪はチーズのにおいがした。

「ホームにしゃがんでいると、人の流れがずっと高いところにあるの。水の底に沈んでいくような気がしたわ。一人だけ深い水溜りに落ちたみたいで。原因はわかってるの」

人びとが彼らを追いぬいていった。過ぎていくコートの裾が二人を打っていくように悦夫には思えた。壁際に寄った。足元を見ながら歩く悦夫は里恵のサンダルをはいてきたことに気づいた。里恵は立止まる。

「子供ができたのよ。そのことベッドでずっと考えてたの。あんた、旅行にいってもいいわよ。アフリカでも、アメリカでも。行きたいんでしょう？　子供が生まれるまでには帰ってきてね。

お金はわたしがだす。帰ってきたらちゃんと就職するって約束してね。その前に人並みに婚姻届もだしてさ、親戚とかお友達に後指さされないように挨拶状だすのよ。子供のためにもね。あんたが旅行している間、わたし、実家に帰って子供を産む仕度するの。あんたにもいいし、わたしにもいいことだと思うのよ」

陽は昇っては沈み、昇っては沈み、昇っている。四日目だ。犬の舌ににた真紅の花を咲かせる茎が一本、地面から突きでて光の束に包まれている。焼けただれて葉はいよいよ黒ずみ、根元にわずかな影を落とす。小石のようにぱらぱらと飛ぶスズメの影が地面を走る。向かいの煉瓦の屋根から陽炎が立つ。芝からもヤシの葉からも立つ。風はない。

悦夫は眼を半ば閉じ、大太鼓とむきあっている。一秒一秒を数えるような思いでやり過ごしている。花を支える茎が心持ちゆるむ。熱の襞《ひだ》に塗りこめられ動くものもなくなる。洗いこんだ木綿の袈裟が、団扇太鼓を打つ住職の手首の動きをとらえる。疲労の堆積を示すように髪と髭とが伸びている。唇は乾きささくれている。充血した眼で住職が悦夫を見る。もうやめましょうかといっているような気が悦夫はする。

住職の後にしたがって廊下にでた。足の裏から体温を吸いとるコンクリートの冷たさが心地よい。食堂のテーブルに正座した。手製のテーブルには誤って途中まで切った鋸《のこぎり》傷があった。壁に大まかな鏝《こて》の動きが読みとれた。守宮《やもり》が天井に貼りついて動かない。住職はかまどに火をおこしていた。

「電球が全部盗られましたな。油断するとすぐこうだ」

住職は煙をだしはじめた泥炭に煤だらけのヤカンをのせた。無造作に悦夫の前におかれたアルミニウム碗がいかにも軽そうにかたかた揺れた。

「どうです。やってみればどうということもないでしょう」

「つらいだけだなあ」

口は砂を含んだようだ。悦夫はまともに話すのが久しぶりなことに気づく。

「苦しくて頭がからっぽですよ。このくらいで悟ったなんていうやつがいたら、嘘つきだなあ」

悦夫は住職の左腕に視線を吸いよせられた。山岳の立体地形模型を思わせる火傷あとのひきつりがあった。黄色い袈裟がふわりと腕を覆った。

「若い時に荒行をやりましてな。腕に線香を巻いて」

「火つけるんですか?」

「肉がじりじり焼けるのを見とるんですわ」

「痛そうだなあ。考えただけで汗がでてくるなあ」

ははは、と住職は軽く笑い、袈裟の中で腕をさする。

「どうです。頭を丸めたら」

いやあと悦夫は頭に手をやった。汚れきった髪が指に貼りついた。

「さっぱりしますぞ。雑念がなくなる。お断食がすんだら、剃ってあげましょう」

切れないカミソリで血まみれになった頭が浮かぶ。傷口が風にもしみる。陽にあぶられて血が固まる。

「遠慮しときます」

「そういわずに。お太鼓を差上げますよ。お題目をお唱えしながらお仏蹟をまわるとよいですよ」

碗にぬるま湯が注がれる。悦夫は住職を真似て碗の縁に唇をあてる。渇き飢えているはずなのに少しも飲みたいとは思わない。無理に口に含むと舌ざわりの悪い粉のようだ。水に映った自分の顔を呑込むようにして、悦夫はくりかえし湯を飲む。食道や胃や腸が水びたしになるのがわかる。水は口に逆流しそうになる。住職と悦夫は相前後してトイレに走りこむ。長年腸壁にこびりついていたという黒っぽい臭いの強い小片が混じっている。食堂に戻り湯をあおってはトイレに駆ける。身体が空っぽの管になったような気がする。

ふたたび朝はめぐってくる。一足先に起きた住職の太鼓の音で悦夫は満ち足りた睡りからこぼれでる。肌が乾いているので気持がいい。早朝の涼しい光に火照った頰を埋めていく。何もかもが昨日のままであることに悦夫は深い安堵を覚えるようになっている。最初から力まかせにとばしていく。掌の皮はきれいにむけた。その下の皮もむけかかり薄く血が滲んでいる。喉の奥を絞るように力をいれねば声はでてこない。

陽光が鋭く斜めに射す。須弥壇は朱に染まる。朝露に濡れたスズメが庭に乱舞する。朝の匂いが本堂に充満する。

庭の芝は陽炎のため大きなレンズがおいてあるように見える。鮮かな緑の芝に黒い山羊の群がはいってくる。山羊は鈍い肉の音をたててぶつかりあい、芝をむしり食べはじめる。住職は疲れで赤く濁った眼をゆるく悦夫にむける。

悦夫は廊下のはずれにある門番の小屋にむかう。門番はかまどに屈まり野菜を煮ている。食べ物の濃いにおいがむかむかする。麻紐で編んだベッドに十個ぐらいの電球がある。電球は卵のようだ。門番はことさら悦夫を無視して煮える野菜に真鍮の壺で水をそそぐ。ハーレ・ラーマ・ハーレ・クリシュナ。門番は自分で口ずさんだ歌にあわせて肩を上げ下げする。

悦夫は大太鼓に戻る。山羊などいてもいいじゃないかと思う。住職のリズムにあわせようとして二度三度つまずく。

ぬけるような蒼穹《そうきゅう》には雲も鳥もない。窓の中で動いているのは茶色の粉にまみれた男が一人だけだ。男は煉瓦を運び終えた。コンクリートの柱に煉瓦を一個一個丹念に積上げ窓枠をつくっている。

「あのう、ここにくれば泊れるって聞いたんですが」

不意に大声が響く。振りむくと旅行者が二人いる。常套手段のいかにもつらそうな表情をつくっている。

「ただ今お断食修行中でございます」

悦夫は二人の前に立ちはだかる。両手に持ったバチはリズムを失わずに空気を打つ。悦夫は自分の足の指が紫色に鬱血していることに気づく。二人は縋りつくような眼つきをする。

「お断食？」

「やりましょう。いいもんです。身も心も洗われます」

「まいったなあ。寝させてくれるだけでいいんですけど。廊下だって」

悦夫は自分自身とむきあっているような気になる。ホテル代を節約するつもりだ。追いだされたら軒下にでも芝にでもこれ見よがしに眠るだろう。

「お願いしますよ。金がなくて」

住職は団扇太鼓にあわせて首を前後に振っている。悦夫は肩をすくめる。

「夕方七時にお勤めが終ります。それから鍵をお渡しいたします」

彼らは本堂の隅にザックを投げる。小躍りするようにして門からでていく。悦夫は住職の隣にすわる。やつらはこれから鱈腹《たらふく》食うだろうなと思う。

暮れかける頃、近所の人たちが散歩がてら太鼓をたたきにくる。箱に用意されている団扇太鼓を思い思いにとる。子供たちは力まかせにバチを振りまわすのですくわれるように手元が狂う。悦夫は乱打の中で迷わないよう自分の音だけにすがる。ものの十分間もすると彼らは帰っていく。荒れた森のように床一面道具が散乱している。

表が見えない。樹も家も鳥も闇の中だ。腕が肩より上がらない。掌の皮がささくれ、バチは強く握らなければかえって痛い。明かりと闇との境目に投宿者が立っている。二人は足踏みをはじめる。飛び交う小虫が靄《もや》のように滲む。蛍光燈に小虫が絡んでいる。守宮が天井を走る。まず住職が団扇太鼓を頭上にかざして拍子を整える。音と音との間隔がひろがる。むきあい、法華経《ほけきよう》を読む。如是我聞《によぜがもん》。一時佛住《いちじぶつじゆう》。王舎城《おうしやじよう》。耆闍崛山中《ぎしやくせんちゆう》。與大比丘衆《よだいびくしゆう》。万二千人倶《まんにせんにんぐ》。皆是阿《かいぜあ》羅漢《らかん》。諸漏已盡《しよろういじん》。無復煩悩《むふくぼんのう》。逮得己利《たいとくきり》。盡諸有結《じんしようけつ》。心得自在《しんうじざい》。南無妙法蓮華経。南無妙法蓮華経。意味はわからない。たがいに床に額をこすりあわせる。ありがとうございました。散った団扇太鼓とバチとを箱にしまう。住職が雨戸を閉める。住職を手伝うよう悦夫は佇む二人に顎で合図を送る。

「断食してたんだ。一週間水も飲まなかったんだぜ。つらかったさ。ものすごくつらかったさ。終ってしまえば何ともないけど」

悦夫はミルクティを啜る。皮のむけた両掌をひろげてみせる。闇ドル屋は悦夫の爪先から頭の先まで嘗めるように視線を這わせた。

「水なしで一週間もいられねえよ」

「死ぬ思いさ」

「痩せたかなあ、そういえば」

「よく断食で死ぬことがあるんだ。終ってから急に食べたりするからさ。今日で三日目になるけど、水っぽい塩粥《しおがゆ》を少しずつ食べてるんだ。腹一杯食いたいなんて思わなくなった」

「今度は何処に行くのかね、旅の人」

「帰る。今晩寺に泊って、明日」

闇ドル屋はガラスケースから虎の皮をだしてきた。悦夫は深い毛に指を埋めた。睫や髭はほとんど脱け落ちている。左右のガラスの眼が別のほうを見ている。瞳の中に気泡がある。プラスチックの口や鼻や眼のふちがどうにもつくりものめいている。悦夫はゆっくりと顔を横に振った。闇ドル屋はケースから新聞紙包みを持ってきた。先の尖った手製の黒い革靴だ。

「友達にしか売らない。国に帰れば百倍にはなるさ。底が二重になってびっしりハシーシが詰まってる」

「税関やっとくぐって、家で開けてみると空っぽなんだ」

一瞬闇ドル屋は頰を強張らせた。縫目の糸をナイフで切りはじめた。わかったよと悦夫はいうが、闇ドル屋は手をとめない。ほんの少し爪先をめくり悦夫の鼻に近づける。革のにおいにハシーシの甘ったるいにおいが混じる。闇ドル屋はナイフの先でハシーシをこそぎとってみせた。

「二十ドルでいいさ」

「五ドルなら」

「腕時計あるか？」

「あるよ」

「自動巻きか？」

悦夫は大きく頷く。ザックの底にほうり込んだまま二カ月も使っていない。

「明日の朝持ってくる。糸ほどいたところ、ちゃんと直しといてくれよな」

闇ドル屋は悦夫の肩に太った手をのせた。オーケー、オーケーと靴を新聞紙に無造作に包んだ。またガラスケースから何か出そうとしている。悦夫は表にでた。サングラスをかけた。コブ牛のいるいつもの雑踏だ。最初この国にきた時歩調があわずぶつかりそうになった人びとが悦夫をぬいていく。一歩ごとに上体が揺れる。まるで雲の上でも歩いている気分だ。

チベット人たちが腕や肩に色とりどりのセーターをかけ売り歩いていた。十人ほど組になった男たちは華やいだ祭りの行列のように見えた。今は十二月だったことを思い出す。悦夫は若い男を呼びとめ、肩から白いセーターをぬきとった。羊毛が乳のにおいをたてた。悦夫は男が腰からさげた白い毛皮を眼にとめた。ヤクと男はいう。手にとると赤ん坊用のコートだ。男と値段の交渉がはじまる。ふと気づくと悦夫とチベットの男とを中心に人垣ができている。

日本航空のガラス扉を押す。カウンターで書きものをしていた受付の娘が驚いた表情で眼をあげた。悦夫は娘の正面にかけた。

「断食してたんだ。子供が生まれたからさ。コンクリートの床に七日間すわりっぱなしだったけど、物足りなかったな。あと三日ぐらいはつづけたかった」

彼女は目蓋をしばたたかせながら引出しを開けた。固く畳んだ紙きれを悦夫は受けとった。タイプの活字がならんでいる。

YAKUSOKU OWASURENAKU TAIPEI DE
MATSU (/) NATSUKO

悦夫は電報を握りつぶした。里恵に見つかる前に夏子の手紙は破らねばならないと思う。受付の娘が心配そうに見つめているので紙きれは捨てられない。彼女がくんでくれた蒸留水を少しずつ口に含ませていく。冷たい水は胃に届く前に喉や食道に吸収される気がする。君も断食するといいよ、日本の寺が近くにあるから、と悦夫は舌を動かす。パスポートと航空券を見せて明日の出発を確認する。金貯めてまたくるよと悦夫はいう。ばりばり働かなくちゃ。娘は黙って笑っている。悦夫はヤクの毛皮のコートをひろげてみせる。

歩道の樹の下にジキジキの少年がしゃがんでいた。悦夫は陰にはいり地面に腰をおろした。樹の下には軽い風が吹いていた。汗が運ばれていく。女のわきがのような樹液のにおい。悦夫は息を胸の奥まで吸い、ほっと吐く。少年は棒きれで地面を掘っていた。

「もうどこかに行っちゃったのかと思った。よかった、会いたいって人がいるんだ」

少年は立って悦夫の腕を引く。肩の骨が鳴る。少年の爪には泥がたまっていた。木陰からでると風はやんだ。頭からも肩からも腕からも炎が立つ気がした。

路地に牛が三頭腹這いになっていた。少年が足を踏み鳴らすと牛はあわてて立った。肉の襞が震えた。病気の少年がベッドをだしていた場所には茣蓙でセルロイドの櫛を売る小間物屋がでていた。老人が茣蓙の中央で冥想するように眼をつぶりあぐらをかいていた。少年は時どき立止まっては、悦夫が距離を詰めるのを苛立たしそうに待った。

少年に背中を押されて階段を上ると、しゃがんでいた男が煙草を投げて立った。少年は高い声で早口に話しながら、犬の腹をたたく手つきで悦夫の脇腹をたたいた。男が鍵を開けた。中からもう一人の男がでてきて悦夫の手を握った。振返ると少年は鍵を持った男に煙草の火をつけてもらっていた。裸足の小柄な女が悦夫の前に立ち、鋭い視線で見上げた。帰るよと悦夫は肩をすくめた。男が意味のわからない言葉で激しく喚きはじめた。背後のドアが投げつけられるように閉まった。三ドルだというのを悦夫は二ドルに値切った。女が舌打ちをしながらついてくるようにと人差し指で合図をした。鉄格子のはまった窓からいつもの往来が見えた。女が裸になりベッドで脚を開いていた。上に乗っても女は眼を閉じなかった。ワンダラ、と掌をひろげた。悦夫は顔を横に振った。ワンダラ、と女は額に血管を浮かせた。石のようにひんやりした女の身体がここちよい。悦夫は消えそうな欲望を逃がすまいと懸命に動いた。

すぐ顔の横のガラスを水滴が糸のようによじれていく。水滴は千切れてとぶ。暗灰色の微粒子が流れる。後頭部と背中が座席に押しつけられている。横揺れしていた機体がやや平衡をとりもどす。

窓の外はみるみる明るみを増してきた。雲をぬけると眩しい青空だ。見渡すかぎりの白雲にはまんべんなく陽が当たっていた。窓が乾く。機体は水平飛行にうつり、悦夫はベルトをはずした。機内ではスチワーデスがジュースを配りはじめる。悦夫はサングラスをかけて雲を見つづけた。雲海がとぎれると、丸められた雲が行き場もなく浮かんでいた。

雲間から赤茶けた大地が見えはじめた。幾筋もの河がしつこい蛇のようによじれていた。河も茶褐色だ。水があふれ、寸断され点線のような道路が見えた。集落が水の間に残されていた。虹をまといつけた太陽が水の中を素晴しい速度ですべっていく。家が混んでくる。小さなバスの屋根が光る。機体が大きく旋回し、濡れそぼった大地が傾く。太陽が悦夫の眼にはいる。

機体は屋根をかすめ街の上空をとんでいた。窓辺で洗濯物を干している女が見えた。空地で子供たちが手を振る。荷台に人を満載したトラックが走っていく。急角度で地面が迫った。悦夫は力をぬいて全身を座席にあずけた。衝撃が頭にぬけた。窓の外を緑の草がとびのいた。白い滑走路と、耳を両手でおさえた菜っ葉服の男たちが現れた。ダッカだ。

若い男が無表情に吸殻をバケツに集めていく。別の男が通路にクリーナーをかける。ターミナルの前を行ったりきたりする五人の完全武装の兵士。迷彩色の装甲車が陽炎にゆらめいている。陽炎の中を新しい乗客たちがゆっくり横切ってきた。冷房装置が切られたのか熱気が悦夫の席に波状的に届く。黒蠅が一匹機体にはいった。羽音が気密の機内に遠いエンジンの音のように響く。スチワーデスたちが雑誌であおいで蠅を逃がそうとしている。

離陸したのは陽が傾く頃だった。街並は陰が多く、陽を受けたところは今にも火を噴くばかりに赤く染められていた。黒ぐろした川筋をたどって河口にでた。大地は裂かれ、海が容赦なく浸潤しているように見えた。海も大地もただ扁平なひろがりだ。飛行機はぐんぐん上昇し、太陽は心持ち海からの距離をひらく。波間に微かに朱が走る。赤黒く濁ったまん丸い太陽は彼方の世界に通じる天の穴だなとふと思ってみる。誰一人通ったことのない入口だ。天の穴は水に落とした十円玉のようにゆらゆらと足元に沈んでいく。

真暗だ。何もない。凹面鏡のように歪んでいる窓に、悦夫の顔が拡大されて映る。その顔も見飽きた。機内はがらあきだった。悦夫は肘掛けをぬきとり、三人分の席に横になる。スチワーデスが頭上の棚から枕と毛布をおろしてくれる。悦夫は眼で礼をいう。目蓋を重ねるが、頭の芯が冴え眠れるかどうかわからない。箱に閉じこめられているような気になる。このまま家に送り返されていくのだなあと思う。旅も終りだ。灼けたあの大地は二度と踏めないかもしれない。あれはひどいバスだった。十時間も砂漠を走ったのだ。満員で身動きもならず、陽に照らされ冷たい汗がでてしようがなかった。砂がはいるので窓も開けられない。けたたましく車体を鳴らして白茶けた単調な景色の中を突進しつづけた。日の出前に出発したので朝食をとりそびれた。停車場に着くたび群らがり寄る物売りからライムの実を買い、汁を吸った。村の小駅で若夫婦らしい二人連れが乗った。いきなりバスが動きだしてよろめき、背後から青年がおさえていた毛布がめくれた。紙のような顔色がわずかに見えた。か細い少女の輪郭だった。青年は毛布にくるんだ妻にいたわり深く腕をまわし、最後部の席で険しい表情で前方を見据えていた。重い病に沈んだらしい若妻の、身を夫にゆだね一秒一秒を耐えている静かさが痛いほどだった。ディーゼルエンジンの無神経な振動が、繊細なものを壊していく気がしてたまらなかった。

あの時は悦夫も体調を崩していた。顔が熱っぽくて、すぐ汗に濡れた。バスを降りると腹に何かおさめねばと思った。すくわれそうに暗い足元で、物売りたちが一握りの品物をならべ黙ってうずくまっていた。軒下の暗がりに牛の群が腹這いになっていた。背中のザックが重い。油汚れのひどいテーブルと椅子がならんでいる店にはいった。店の男にむかって悦夫は茶碗と箸とで食事をとる格好をした。運ばれてきたカレーを米の皿にあけ、指でかきまぜた。口に押しこむが味がない。どうあっても食べることだ。いつの間にやってきたのか泥人形のような赤子が店先で吐いた。母親が河にでもほうるような格好で小さな背中をさする。呑込もうとすればするほど汗がでる。小皿に盛られてきた紫色の蕪《かぶ》を嚙み、渋汁が口にひろがる。

スチワーデスに揺り起こされた。座席にすわってベルトをしめた。機体は小刻みな振動をくりかえしていた。時おり稲妻が走った。飛行機は着陸態勢にはいる。バンコクだ。ビニール屋根のついたタラップを降りてバスに乗る。雨の降る直前の生ぬるい風が吹いている。飛行機の胴体や、尾翼の尖角や、滑走路や、ランニングシャツを着た整備士たちの姿が、稲光りのたび青白く浮いた。悦夫は人の流れのとおりに歩いた。ザックを受けとり、税関をくぐった。待合所に人影はまばらだった。軽く食事をとりたかったがスナックは閉まっていた。ここで六時間待たねばならない。手頃なベンチを見つけて横になった。カービン銃を肩にかけた兵士が足音を響かせ一歩一歩近づいてきた。悦夫は目蓋をおろした。眠気に柔らかく包まれるのが気持よかった。

厳重な荷物検査をうけたが歯磨粉のチューブと靴の底は無事だった。悦夫はザックを閉じる前にチベット人から買ったセーターを着た。頭をいれる時乳のにおいがした。ドアを押すと人垣が揺れていた。ロープが張ってある人垣の切れめに、跳びはねている夏子の小柄な姿が見えた。いきなり夏子は抱きついてきた。悦夫は踏みこらえ、人垣の中で当惑した。

「うわあすごい。戦争から帰ってきたみたい」

悦夫はひとりでに顔がゆるんでくるのがわかった。この顔も、この肩も、この声も、何もかもが昔のままだ。

「戦争さ」と悦夫は笑っていう。

「一人で勝手に戦争してきたんでしょう。敵もいないのに。ボロボロの服着て、真黒で」

「驚いたぜ」

「こないと思った？」

「お前らしいけどさ。気まぐれでよ」

「十八時間待ったのよ。昨日の夜に着いて。あなたこそこないんじゃないかと思って気が気じゃなかったわ。こんなところで待ちぼうけくわされたら、目もあてられないじゃない。外国ははじめてだし」

おなかすいた？　と尋ね、悦夫が返事をしないうち夏子は勢いよく手をあげてタクシーを呼んだ。先にタクシーに乗る夏子の水色のタイトスカートが円を描く。悦夫は汚れた自分のインド服が気になった。動くと、胸や袖から汗臭い空気がでてくる。夏子は運転手にホテルの名刺を見せた。

「あら、いいセーターね」

夏子が悦夫の腕に頬をつけた。細かい毛のくずが夏子の髪につく。夏子が彼のセーターを平気で着ていたことを悦夫は思い出す。

「羽田に着いたらやるよ」

「奥さんに見られないうちにね」

「迎えになんかきてっこねえよ」

「おめでとう、男の赤ちゃんですって？」

悦夫は不意打ちを受けたように狼狽してしまう。尻の位置をずらしてバネを軋ませる。悦夫にもたれかかっていた夏子がセーターの編目に指をさす。

タクシーは信号に止められている。運転手が聞きとれない言葉で舌打ちする。悦夫は夏子の長い髪を指に巻く。いいにおいだ。昔のにおいとは違う。

「早く帰って赤ちゃんの顔見たい？」

「別に」

「五日間ぐらいいいでしょう。お金ならいっぱい持ってきたわよ。ドルもトラベラーズ・チェックも」

悦夫は大きく頷く。間を置いて頰笑む。いい話だなと思う。旅の最後の最後だ。

「飛行機で予約したホテルなの。マイクロバスで連れてこられたんだけど、窓からは、同じホテルの向かい側の窓しか見えないのよ。安ホテルなの。値段は高いんだけどさ」

「風呂あればいいんだけどな。二カ月ぐらいはいってねえんだ」

「あるわよ。当り前じゃない」

繁華街を走っている。対向車のライトがあたり、運転手の肩が燃上がるように見える。漢字の表示やネオンの広告塔がある。道行く人はコートやジャンパーを着ている。一昨日とすっかり変わった新しい景色に、悦夫はすぐなじんでいく自分を感じる。朝になって街を歩くのが楽しみだ。

力をぬいて湯の中に寝そべる。腰が浮きあがるが、眼を閉じているとふわりふわり沈んでいくような感じがする。動くたび湯が湯舟からこぼれ、セルロイドの石鹸箱がタイルをすべる。悦夫は膝を曲げて足を見る。ゴムゾウリを三足はきつぶした足だ。ふやけた鼻緒のたこを爪でむく。シャワーの湯を頭にかける。首筋を黒い水が流れる。

濡れた身体のまま腰にタオルをまいて浴室をでた。夏子はソファにかけていた。オレンジ色の文庫本をももの上に閉じて欠伸をした。ヘンリー・ミラーの本だ。

「きのうの夜は眠れないんでずっと読んでたの。この国の真中に北回帰線が走ってるって旅行案内に書いてあったわ。題名にひかれて買ってきたの。ぜんぜん関係ないけど」

ああと悦夫は生返事をする。夏子の欠伸がうつり、眼に涙がたまる。夏子はしゃべっている。

「連絡ついたのは手紙一枚だけでしょう。地球の上で点と点が出会うようなものよね。そう考えたら心細くなっちゃって。あなたのこと信用できない気もしたし。会えなかったらホテルにじっと籠ってようなんて思ったりしてさ」

悦夫は文庫本をぱらぱらめくる。長湯しすぎて指の腹が白く皺寄っている。

「インドの話でもしてよ。あなた昔から行きたいっていってたじゃない。よかったわね。やっといけて」

「ハシーシがあるんだ」

夏子はソファから立上がる。悦夫の手からヘンリー・ミラーが落ちて床にひろがる。悦夫は紐を解いてザックを開ける。埃と汗と陽のにおいがひろがる。歯磨粉のチューブの尻を開き、親指ほどに痩せた細長いかたまりを摘みだす。夏子が顔を寄せてくる。悦夫は絨毯《じゅうたん》に腰を落とす。チリ紙で拭くとチョコレート色がでてくる。マッチであぶり、指で揉んで粉にする。

「くしゃみするなよな」と悦夫は夏子の額を押しやる。

「はじめてなのよ。マリファナなら知ってるけど。一本を十人ぐらいでやったんできかなかったわ。期待して友達のアパートに集まったのに」

悦夫は指先に夏子の視線を感じる。夏子の持ってきたセブンスターの葉に粉を混ぜる。最初の一息で煙を肺の奥までいれ、とめておく。夏子も真似をするが噎《む》せて咳込む。背中をさすってやる。俺はこれをやると元気になるなと悦夫は思う。舌が動きだす。

「日本に帰るまでだしたくなかったんだ。このチューブだってさ、開けたり閉めたりしているうちに傷んできて、税関に見つかるだろう。こいつはここで吸っちまおう。まだ隠してあるからさ。どこにあるかはちょっといえないけど」

夏子はむさぼるように煙を胸にいれる。セブンスターはフィルターが焦げはじめている。悦夫は夏子の指から煙草をとって揉み消す。夏子はベッドにかけて背中をたわめ悦夫を見つめている。跳びかかろうと呼吸をはかっている獣のようだ。調合が強すぎたかなと悦夫は思う。もう一本すすめた煙草を夏子はだるそうに受けとる。部屋に甘ったるいにおいが満ちている。今メイドでもはいってきたら大変だなと思う。踏んだらしくヘンリー・ミラーの本は開いたままページが折れている。この部屋はベッドとソファしかない。壁には洋服をかける釘がある。床の絨毯にはピンク色のトランクと中味のとびだした穢ないザックがある。夏子がもたれてくる。夏子は悦夫の裸の胸をさわる。イボのような小さな乳首にこだわる。腰にまいたタオルを引く。煙草はまだ残っている。煙を吸う時胸に力をいれる。浮いた筋肉にそって夏子は指を這わせる。夏子を裸にするのが億劫だ。ワンピース自分で脱げよといおうとするが舌が熱に腫れたようで動かない。夏子はベッドに横たわる。悦夫は横すわりになってワンピースの背中のジッパーをさげる。見慣れた乳房に頬ずりする。夏子の腰にはゴムのあとがついている。爪先にパンティが薄い皮膜のように絡まっている。腹にも尻にも布目がある。悦夫はベッドに登る。へこんだクッションのほうに夏子の身体が傾く。悦夫は隣に横たわり、舌を口の中で一回転させる。舌は熱い砂に埋まったように重い。くりかえし回転させるうち砂の感触はなくなってくる。舌だけが軽くなる。

「よく考えるんだ。どうして旅するんかなあって。自分の中に地図を書いていくんだな。実際に行ってみたり、聞いて想像したりする街とか山とか海とか、住んでいる人間でもそこに行くまでの乗物でもいいんだけどさ、片っ端から集めていくんだ。この街に行ってみようなんて地図を見て思うだろう。とりたてて理由もなくさ。汽車やバスに乗って目的の街に着くよね。まずホテルを捜す。フロントの番頭やボーイと知り合うさ。つぎは食堂の親父で、郵便局の職員で、そのへんで遊んでいる子供たちさ。そうやって顔見知りがふえていく。街が素顔を見せてくるんだ。ホテルのある路地から表通りの郵便局とか映画館とか広場とかに、地図がひろがってくるんだ。同じホテルに二週間はいるな。そうやって集めた地図を俺は何十枚って持ってるな。俺は自分の地図の中をいつも歩ってるんだ。ジーンズにゴムゾウリはいて、ザック背負って、どこまでも行くぜ。アフリカだってブラジルだって。一生かけてさ、俺だけの個人的な地球をつくろうと思うんだ」

悦夫の性器は夏子にもてあそばれている。珍しいものでも見るように飽きもせずねじったり裏返したりするのがこの女の癖だったなと、悦夫は思う。

「ホテルに歯ブラシとかカミソリとか忘れてくることがあるだろう。つまらないものだからきっと捨てられちゃうだろうけどさ。髭そっている時なんか、あっあのカミソリどうしたろうなんて二、三年前のこと思い出す。とたんにさ、そのホテルや街の人間やそこに行く途中のバスなんかが浮かんでくるんだ。地図を一枚ひろげるみたいにさ」

夏子は悦夫の上にのっている。悦夫の性器を自分の性器にいれようとしている。悦夫は腰を浮かせてやるが、勃起しているかどうかわからない。乾いた大地をゴムゾウリで歩いている自分が見える。地面の凹凸のため頭の影が別の生きもののような動き方をする。太陽のまわりには幾重にも虹がとりまいている。点てんの砂の印のある地図を見て、この鉄道に乗ろうと思ったのだ。列車の窓からは街は白茶けた砂の隆起に見えがくれしていた。改札口をくぐるといきなり警官に手首を摑まれた。節穴のぬけた板囲いの小屋で、警官は取調べるというよりも時間をかけ悦夫の荷物を楽しんでいた。交番のまわりは好奇心ではちきれんばかりの連中が五十人はいた。悦夫は疲れてもの哀しい気分になっていた。

駅前にホテルがあった。玄関口で日がな一日まどろんでいる番人は、影の動きにつれ時どき長椅子を移した。この街の名前を確かめるため悦夫は番人の前に地図をひろげた。髭面の男は焦点の定まらぬ眼つきで地図を見ていたが、興味なさそうに顔をそらした。こんな紙きれの中にこの大地があるはずがないといっているような気がした。悦夫は地図を畳んだ。砂の踏み固められた通りには馬がつながれていた。中味はなくなっているのに首にしばりつけられたエサ袋から顔がぬけず、尻をよじりもがいていた。轍を刻んで馬車が過ぎた。ちっちっと馭者が舌打ちしただけで、小柄な馬は怯えて跳ねる。顎を引き精一杯の力をふりしぼって走りだす。馬は逃げようとしているだけなのだなと思う。逃げても逃げても、重くて恐ろしいものがしつこく背後から迫ってくるのだな。

夏子が声をだしている。夏子との間には熱い煮こごりのような透明な膜がある。動くたび膜は震える。悦夫は下から両の乳房を握る。乳の間の谷に汗が光る。いつかの光景だなと悦夫はぼんやり思う。ここは一年前の二人のアパートだ。何ひとつ変わっていない。夏子が重なったいる。

まま身体をいれかえようとする。悦夫は夏子に体重をあずける。小柄な肉を雲のように覆う。細い金の鎖が夏子の柔らかい喉にくいこんでいる。夏子は少し唇を開き眼を閉じたまま笑っている。

「十分も歩くとさ、額と顳顬《こめかみ》が痛くなってくるんだ。錐《きり》で揉まれるみたいに。コウモリ傘をさして歩いたんだ。くるぶしまで砂に埋まって熱い。家の間をぬけると地平線が見える。ずっと先がひろがっているのに、行き止まりなんだ。古い城壁に囲まれた街でさ、四隅に塔が建っていた。砂の上の街さ。人は陰を探してしゃがんでいる。動くものといえば、細長い脚で軽く歩くラクダと、砂だらけの馬車馬だけさ」

「どこの国の話?」

「インド」

「もう一杯もらうわ」

夏子はこちらを見ている男にむかい指を一本立てる。男は頷いて碗を持ってくる。蝦《えび》のスープだ。悦夫は魚肉の団子を頬ばる。団子の中央にはウニがはいっている。

「とうとうコウモリ傘に値段がついたんだ。ホテルの主人が宿代一日分にしようといい寄ってきた。はねつけたら三日分になり、しまいには十日分になったさ。いつも食事をとりにいく食堂の親父も売ってくれっていいだした。ホテルの主人はいくらだすかと聞いて、必ずそれより一ルピー高くいうんだ。カレーばかりでうんざりしたなあ。鳩尾《みずおち》の奥に異物感があって、押すと痛いんだ。キナ臭い吐き気があって、ちょっと歩いただけで冷汗がでてくるんだ。うまいもの食べたかったなあ。こんな蝦のスープなんか」

交差点のロータリーが円形の食堂街になり、小さな店が寄木細工のようにならんでいた。夏子は隣の店にいき蒸籠《せいろ》の餃子を一籠持ってきた。ガム売りがやってくるが相手の眼を見ないようにする。何を食べようかと悦夫は周囲を見渡す。ガラスの水槽の前に立つ。若い男が蝦を網でひとすくいし、碗にいれ蓋をして渡してくれる。暴れる蝦を持って席に帰る。蓋を少し開けてビールを注ぐと、しだいに蝦は静かになる。弱い力でもがく蝦を指先に摘む。殻をむき半透明の肉を食べる。歯に蝦のおののきが伝わる。

「おいしい?」

夏子が瞬きもせずに見つめている。悦夫は新しい蝦をもいで頷く。

「あなたって、とても妻子がいるようには見えないわね」

「生まれたかどうか本当はわからねえさ」

「生まれたわよ」

「子供のことなんか、ふだん忘れてるさ。結婚してることだって。俺は自由さ。煩わされねえさ」

「コウモリ傘、いくらで売った?」

「盗まれた。部屋から。ホテルの主人だと思うけど」

夏子は蝦を摘んでテーブルに投げる。蝦は動かない。傾いたテーブルに、ビールの泡が尾鰭《おひれ》から流れだす。

「あの街では大根ばかり食べてたな。しゃりしゃりして、結構いけるんだ。葉っぱも生で食べた。水もたくさん飲んだな。軒下の影に素焼きの壺がならべてあるんだ。水が滲みでて壺の肌はいつも湿ってるんだ。気化熱が奪われる。水は深緑色をしていて冷たい。素焼きの碗でしゃくって飲むんだ。強く吸うと、碗から土の味がでてくるんだ」

悦夫の前には蝦の殻の堆積がある。ハシーシのにおいのするゲップがでる。

「あたし、結婚するっていったっけ?」

「すぐ飽きるぜ、お前なんか」

「田舎の旧家の長男なのよ。山いっぱい持ってるんですって。伐採して売ってさ、植林すると、七十年後にまた売れるんですって。全然植えなくても七十年は心配ないの。山仕事はどうせ人に頼むんだからすることないのよ。わたしの仕事はさ、後継ぎの男の子を産むこと」

「しっかりな。子供つくるなんて簡単だからさ」

「自由にしていいって約束なの。東京に遊びに行くくらいならかまわないって。口約束だからあてにはならないけど」

ミルク入りのパパイヤジュースが運ばれてくる。ストローを吸うと泡がコップの壁に残る。

夏子はストローでテーブルにジュースをこぼす。泡の中で小虫がもがいている。あと四日間だなと悦夫は思う。

「俺さ、帰ったら働くんだ。二十四歳だしな。どんな仕事がむくだろうって考えるんだ。金儲《もう》けるのは何でも大変みたいだしさ。給料安くてもいいから楽でさ、半分遊びみたいのねえかなって思うんだ」

「奥さんに働いてもらいなさいよ。子供は保育園に預けて」

隣の席に五人連れの男たちがすわり、大声で注文する。悦夫は夏子を促して立つ。金を払う夏子を通路で待つ。足元のコンクリートは濡れ、食べ物の糟《かす》が落ちている。夏子は手間どっている。悦夫はくわえていた楊枝を捨てる。

夏子はヘンリー・ミラーをベッドで読んでいる。悦夫は隣で夏子を見ている。乳房にはピンク色のみみず腫れが一筋ある。昨夜の悦夫の爪のあとだ。悦夫は乳首を指の腹でくるくるまわす。夏子は表情も変えずされるままになっている。赤いマニキュアの爪先が毛布からでて、ページをくるたびに動く。睫と瞳とが活字をなぞって上下する。不意に夏子が顔をむけ、悦夫はあわてて視線をそらす。

「ねえ、ヘンリー・ミラー、読んだことある?」

悦夫は顔を横に振るが、夏子はすでに彼を見ていない。悦夫は枕元の電話台から紙に包んだハシーシをとる。マッチの火であぶりはじめる。ふと気づくと夏子は文庫本を閉じて彼の作業を見ている。悦夫はハシーシの粉を指にとってなめる。

「ハシーシ入りのクッキイがあるんだぜ。大麻のお茶も。カトマンズに行けばわかるけど」

「たくさん隠してあるの？」

悦夫はうつむいたまま頰笑んで掌を振る。

「嘘でしょう？」

「女は口が軽いからな」

「格好つけてるだけでしょう？」

「その手にはのらねえよ」いいながら悦夫はベッドの下の革靴を指差している。「特製なんだ。底はびっしりハシーシさ」

夏子はまた文庫本に戻っている。厚いカーテンが閉めきってあり外は明るいのか暗いのかわからない。夏子が家から持ってきたビスケットをベッドで食べたのでシーツはざらざらしている。悦夫が掌でビスケットの粉を払うと夏子は端に寄って寝返りする。

「北回帰線に行ってみない？」

「行こうぜ」

「明日よ。近くに温泉があるって」

ああといって悦夫は毛布をめくる。夏子は身じろぎもせずに「北回帰線」を読んでいる。夏子の腕にはＢＣＧの跡がふたつある。明日はまた乗物だなと思う。動きはじめようとする直前、行き先の輪郭や道筋がまだはっきり形を整えてこない時の感じが好きだ。悦夫は夏子の尻のまるみを掌で触わる。尻の窪みに顔をつける。そのまま眼を上げると、背中が地平線のようにひろびろと見える。地平線は右に左にかしいでいる。

一睡りすると一面のバナナ畑だった。黄緑色のバナナの葉叢《はむら》が遠くなる。水田の泥の中を水牛が動いていた。山の丸い稜線がつづく。一摑みの集落がある。畑のパインは整列した兵隊たちの頭に見えた。

悦夫は夏子の持ってきた台湾の地図をひろげた。窓からはいる風に地図はしきりに騒ぐ。悦夫は今走っている鉄道を眼でなぞっていく。終着駅の南方に小島がある。

「ここまで足をのばしてみようか」

「暑いから、あまり歩くと疲れるわ」

「何もない離れ島だぜ、きっと。昼寝しにいこうぜ」

黒潮の中にある島だ。葉のさやぎが耳の奥に聞こえてくる。海はいつも光っている。悦夫は今度の旅で海に行っていないことに気づく。サングラスをかける。駅に止まると車内に熱気が満ちる。停車するごとにシャツを一枚ずつ脱いでいく感じだ。タイペイの街で買った扇を夏子はしきりに動かしている。乱暴に振るので留金がはずれた。悦夫はゴム輪で固定してやった。

ホームに立つ。列車が去るのを待って線路を横切り改札口にむかう。駅の正面に大通りがあり、商店や木賃宿がならんでいる。陽の下に踏みだす。窓を全部開け放ちリクライニングシートを倒してタクシーの運転手が睡っている。葦簾《よしず》の下のテーブルで軍服の男が二人麵をすすっている。子供たちが樹影にしゃがんで悦夫と夏子を見ている。

北回帰線の碑は駅裏の草地にあった。細長い三角形で、頂上に北回帰線を示す黒い矢印がのっていた。近寄らなかったのでコンクリート製なのかブリキ製なのかわからない。悦夫は両手をひろげてバランスをとり北回帰線上を歩くまねをする。アスファルトが溶けてゴムゾウリの底に粘る。

タクシーの運転手を起こして温泉にむかう。両側にヤシの幼木が植えられたまっすぐな道だ。車のドアの内側には女優の古ぼけたカレンダーが貼ってある。夏子は眉根に皺を寄せていた。疲れた時にする表情だった。急勾配の道を登った。温泉は山腹にあった。車が止まると石段を女が駆けてきて荷物をおろした。タクシーはメーターがこわれていた。わざと倒さなかったのかもしれなかった。運転手とやりあう気もせず悦夫はいわれるままの金額を払った。

榕樹《ガジユマル》のアーチをくぐった。平屋造りの民家のような宿だった。石ころだらけの庭に女たちが籐《とう》椅子をだし寝そべっていた。男たちは建物のペンキ塗りかえをしている。部屋に通された。広くて暗かった。夏子は着ているものを脱ぎすて、ほらべたべたと腕を悦夫の頰に押しつけた。悦夫は浴室の蛇口をひねった。茶色く濁った生ぬるい水がでてきた。

水をあびると夏子は睡った。息のたび腹が波打った。眉根の皺は消えていた。カーテンをふくらませている風を受け、夏子の陰毛が草のようにそよいでいた。

悦夫は風呂の残り湯でインド服を洗った。床を歩いていた蟻が石鹼水にのまれて排水口に吸われた。栓をぬくと浴槽の水はゆっくり渦巻きはじめる。浴槽のへりに髪の毛が残る。古い髪の毛が壁に乾いている。

濡れたシャツをひろげて力いっぱい空気を打つ。霧がひろがり、束の間淡い虹ができる。庭に張り渡してあるロープに洗濯物をかける。三方を山に囲まれた平野が見渡せる。靄がかかって薄墨の景色だ。

悦夫は籐椅子にかけて煙草をつける。ペンキ塗りをする男たちの裸の肩が陽をあびて白い。悦夫の隣で太った女が携帯用のレコードプレーヤーをかけ、ジャケットを見ながら歌いだす。手を伸ばしてきた女に悦夫は煙草を一本渡す。悦夫の足元をトカゲが尻尾を上げて歩いてくる。砂利にとまっていた蜂を素早くくわえ、時間をかけて咀嚼《そしやく》する。トカゲはそのまま身じろぎもしない。


八人乗りのセスナ機に乗った。ぱらぱらと軽い音をたてて機体が風に乗ると、天地の定めがつかない気がしてくる。空も大地も海も幾筋もの細い光の線だ。機械の力でなく自らの力で飛んでいる気にふとなる。綿くずのように漂っていく。悦夫は一瞬陶酔に襲われる。自分の心の奥底に放浪への思いがぬきがたくあることを知る。家も妻も子供もいらない。家でつぎの旅のために休息している自分を思い浮かべる。

機体の影が海面をすべる。波頭がくだけ散る。海は荒れている。夏子は海にむかってしきりにシャッターを切っている。

山肌はなめされたように緑に輝く。山と海との間に土の道が白く糸のように伸びている。セスナ機は山際で旋回し、急速に高度を下げる。投げつけられるように地面が迫る。翼からでた車輪が草と砂利とを嚙む。小刻みな振動が鋭く全身をゆさぶる。

夏子が肩から息をぬいた。ドアから草にとぶ。すぐ脇は海だ。吹きぬけのコンクリートの待合所からでてきた乗客たちが入れかわりに乗込む。プロペラが回転すると猛然と砂埃が湧く。セスナ機は滑走路を走っていく。ガソリン臭い風がなくなると、草いきれに潮のにおいがした。飛立っていく小型飛行機はぬけるような青空に白い一本の横棒になり、しだいに光に溶けていく。

ホテルの男に声をかけられトラックの荷台に乗った。滑走路に沿う乾いた土の道をいく。夏子のサングラスに海が映っている。巨大な生きもののようにゆっくり動いている。夏子は海にカメラをむける。髪が流れてカメラを覆う。トラックがはずみ、夏子はわざとらしい悲鳴をあげて悦夫にしがみつく。細かく区切られた水芋の畑がつづく。山から海岸に落ちる傾斜地に、同じ規格の新しいコンクリート住宅がならんでいる。集落の中央に教会の尖塔が見える。斜面を子供たちがトラックにむかって駆けてくる。

裏の国民学校に面した部屋を与えられたが、午後の飛行機に乗る客が出るのを待って海を向いた部屋にかえてもらった。小さな湾の内は静かなトルコ青だった。群青色の沖合いは波が高くおびただしい海獣が群れているようだ。夏子はシャワー室から身体も拭かずにでてきて窓辺に立った。あふれてきた光が夏子の前に砕けた。夏子の身体についていた水滴が床にしたたっていた。

「海に出ようか?」

悦夫は夏子の肩を抱いてならんだ。窓辺に立つとこの部屋は海にむかって突出している岬のようだ。

「今何考えていたかわかる?」

「泳ぎたいけど水着がないって」

「このまま帰らなかったらどうかしら。帰ってもいいことなんかなさそうじゃない。お金なくなるまで旅するのよ」

「お前はどこに行っても同じだよ。部屋をそのまま運ぶようにして旅するんだからな」

「女はね、空気みたいに透明になりきれないのよ。あなたはいいわね。奥さん、今頃気張りつめて赤ちゃん育てているでしょうね。夜も三時間ごとにミルクやるのよ。あなたはさ、昔の女とこんな離れ島でいい気になっていてさ」

悦夫は夏子の肩の筋肉を摑む。海からの風に夏子の身体がみるみる乾いていくのがわかる。

波が夏子の裸体を嘗めようとしてくりかえし砕けているような気がする。

「思うのよ。あなたの子供ができてないかって。ピル飲んでるなんていったけど、嘘よ。そんな顔しないでよ。あなたの子供でも黙って育てますから。旅行に出る前に、婚約者に強姦されたの。わざわざわたしのアパートまできて。結婚するんだからいいだろうって。二晩泊っていったわ」

悦夫は夏子の肩を抱いたまま眼を細めて海を見ている。隆起する波のように衝動がふくらんでくるのがわかる。この部屋が海にむかって開かれた女の性器のように思える。発情した海から波の舌が飽きもせずに伸びる。華奢《きゃしゃ》な夏子の肉を海にたたき込みたい衝動がある。悦夫は夏子の脇の下に腕をいれる。夏子の爪先が床から浮く。胸と腹に皺が寄る。夏子の腕が悦夫の首にまわろうとする時、ベッドにほうる。白い肉が手足を開いて白い海に落ちていく。波に打たれた瞬間はずみ上がり、夏子は敵意のこもった眼をする。夏子の肉が取返しのつかない遠いものに思える。夏子は眼を閉じ息を整えている。悦夫はベッドの周囲をまわる。まわりながら服を脱ぎ捨てていく。足首を握り、脚を開かせる。夏子の腕がのびてきて髪を摑まれる。もう一方の手で頰を張られる。悦夫は夏子にむしゃぶりつく。力一杯胸を抱く。髪を引く力が弱まる。鼓動と鼓動とが混じりあう。

国民学校で子供たちが体操をするらしい掛声とホイッスルの音に眼がさめる。汗やら精液やらで身体中がべとついている。夏子の息が胸にかかる。悦夫は夏子の寝顔を見つめている。夏子が起きないうち近くを歩いてみようと思う。シャワーをあびたかったがそのまま服を着ける。窓辺には相変らず海がひろがっている。

ホテルの横は国民学校の石段で、その隣に商店と軍の詰所がある。乾いて木目の浮いた刳《く》り船が空地にならんでいる。汗が頬から玉石に落ちてすぐに蒸発する。

悦夫は集落の真中にある坂を登りはじめる。コンクリート製の同じ家が整然とならんでいる。その脇に吹きぬけの高床式小屋がつくられ、女たちが寝そべって悦夫をものうげに見る。丸太を担いで山から降りてくる男たちを、悦夫は端に寄ってやりすごす。敷きつめられた玉石に男たちの裸足の足裏がぴたぴたと鳴る。軒下の陰に老人がしゃがんで木を刻んでいる。斧《おの》の刃先から木くずが散る。悦夫は傍の焼けた平らな石に腰をのせる。老人は悦夫を一瞥しただけで斧を振りつづける。太い丸太に船の輪郭がようやくできようとしている。規則正しい音が悦夫の頭に刻みこまれる。ふと眠りに誘われているような気になる。

真赤なワンピースの夏子が子供たちに囲まれて浜にしゃがんでいる。砂を掘っているようにも小石を積んでいるようにも見える。夏子のいる砂地は心持ち高いので波が届きそうで届かない。はるか沖合いをタンカーの細長い影がよぎる。テラスでビールを飲んでいる悦夫を認めて夏子が腕をあげる。子供たちも一斉に真似をする。真赤なワンピースが子供たちに囲まれて歩いてきた。

「いろいろつくってもらっちゃった」夏子は掌をひろげた。白い小さなものがたくさんのっていた。「イカの殻よ。爪で削ったり小石にこすったり」

夏子の指に白い粉がついていた。子供たちはにやにや笑っている。悦夫は指先に摘んだ。三角形の真中に穴があいて棒がささっている。

「はじめは船なんかつくってくれたけど、すぐにこんなのばっかり」

「俺たちがこう見えるんだぜ、きっと」

「まだガキよ」

夏子は細かなものを大切そうにハンカチに包んだ。子供たちは軒下の陰にはいる。そこには貝殻を売りつけようとしている女の子たちがいる。夏子は悦夫の飲みさしのビールを飲んだ。日向《ひなた》のビールは生ぬるくて泡も立たない。

悦夫は欠伸をした。眼の中に薄い紅ができた。水平線がくっきり横たわっていた。雲はない。見えない炎がこの浜辺を覆っているような気がしてくる。火の中を歩くようにインドの大地にいる自分が浮かんでくる。陽炎をぬけて行列がくる。花ばなに飾られ竹梯子で運ばれてくる人は、担ぎ屋の歩調にあわせて顔を横に振る。鉦や太鼓が騒々しくついてまわる。岸辺を出発した小船は河の中央でゆるやかにまわりこみ、梱包した人間を投げる。乱れた水に紅い布包みがぽっかりと浮き、カラスをのせて流れていく。トンビがたくさん渦を巻いている空がある。その下は火葬場なのだ。足元で犬が骨を齧っていた。骨の間から牙が薄茶色の肉をほじくりだす。犬の尻はひどい皮膚病だ。いくら逃げても傷口に蝿がとまる。積上げた薪に死んだ人間が横たわっている。ほどかれた竹梯子の青竹が空に弧を描き、ぱあんと火の中のものをはじく。火の粉が散り、紫色の煙が噴上がる。黒いかたまりが身震いする。くりかえし炎を打った青竹は黒い肉を突つきだす。老人がくすぶりつづける肉に紐をかけ、河にほうる。岸辺につながれた小船を波紋がゆすり、船辺からカラスがとび立つ。老人は隣の火を新しい青竹でつつきはじめる。ゆたゆたと岸を嘗める波に陽の赤が染みる。キチキチキチと声を弾ませてツバメが乱舞する。川面が透明な青味をおびながら明るい紫色になる一瞬、水は深い表情をつくる。水につかって人びとは一心に祈っている。

あの街の子供たちはどこか狂暴だった。悦夫は街を歩いてよく花火を投げつけられた。岸辺で昼寝をしていてポケットに花火をいれられたこともあった。雑踏の中で不意にコブ牛がはね跳んだ。寝そべる腹の下に花火を仕掛けられたのだ。悲鳴の中を暴走しはじめたコブ牛は人力車に激突した。乗っていた婦人が路上にほうりだされ、車夫がつぶれた人力車にまきこまれた。コブ牛は傷ひとつ負わずアスファルトにしゃがんだ。花火を仕掛けた少年の姿はない。物見高い群衆は人垣をつくって揺れていた。

「こういうのを聞いたことあるかな。俺、本で読んだんだけどさ。人間は死んで火葬されると、炎と煙におもむくんだって。炎におもむいた魂は、太陽から月へと昇り、どこか浄らかな場所に行くんだ。煙におもむいた魂は、風となり霧となる。雨となって降り、米、麦、草木、胡麻、豆としてこの世に生まれかわる。生きものに食べられると可能性があるんだ。何千万分の一かの確率で精子になってさ、そのまた何千万分の一かの確率で受精できるんだって。好ましい母胎に射出されればいいけど、汚らわしい母胎、つまり、犬や豚にはいるかもしれない。気の遠くなりそうな話だよな。もっとひどいのもあるんだぜ。何度でも生きかえってくる下等動物は、『生まれよ』『死ね』って簡単にいわれてさ、永遠に下等動物たることからぬけだせないんだぜ」

「すごい無駄じゃない」

「何ていう本だか忘れたけどさ。嘘か本当か知らないぜ」

「あなた、女と何回したか分らないけど、何億だか何億万だかの魂を使ってさ、子供たった一人しかつくらないじゃない」

浅瀬を男が二人屈んだまま歩いてくる。水しぶきをあげて子供たちが二人を囲む。亀が上がったのだ。鰭を摑まれて砂を引摺られる亀はここからだと溺死した子供のように見える。砂に裏返しにされた亀は手足をばたつかせている。甲羅が乾いて輝きをなくす。静かになった亀は石のように陽をあびている。夏子はワンピースを頭から脱ぐ。ビキニのパンツに親指をいれてゴムの具合を直す。

「よくありそうじゃない」

「何が？」

「そのぐるぐるまわるってこと」

「そうかな」

「今あなたがいったじゃない」

夏子はコンクリートベンチに俯《うつぶ》せに寝そべる。悦夫は眼を閉じる。目蓋の内側は真赤だ。波の音が耳の奥にこだまする。空気マットで波の間に漂っているような気がする。

夏子の声に眼を開くと、あたりは赤紫色だ。ワンピースのポケットにサンオイルがあるわと夏子はいっている。掌にとった油が光を集める。色彩が戻ってくる。悦夫はブラジャーのホックをはずし、光を夏子の背中や腕にすりこんでいく。

「ねえ」と夏子がくぐもった声をだす。「小説はできた？」

波の音で悦夫の耳は鳴っている。

「ねえ、聞いてる？　本当はさ、あなたと暮らせればいいなあって、今になって思うのよ。結婚相手があなたならいいなあって。こんなところまで会いにきたんだもの」

悦夫はシャツを脱いで自分の胸にもサンオイルを塗る。身体中が軽い電気に触れたように痺れている。海と空との境目がわからない。外部からの力と内側からの力がうまく均衡している。浜に亀はいない。ばらされてもう肉塊になったろうなと思う。

ボーイがドアをたたいてまわり、一日に三度宿泊者たちはホールで顔をあわせた。円卓に食事が部屋別に用意してあった。外国人は悦夫と夏子だけだ。口にあわないからと夏子はこの二日間スープしか飲まない。

一人で部屋に戻る夏子と別れ、悦夫はテラスにでた。近所の連中が集まって夕涼みをしていた。半月がかかり空は青く艶をおびていた。黒い海面だけが動いている。自分自身を持てあましている大男の波打つ筋肉を思わせる。月には血管があり、きれいな血が流れているように見える。満天の星だ。薄っすらと白濁したような天の川が山の稜線を際立たせる。

暗がりで悦夫は表情のわからない老婆に煙草をねだられた。マッチを擦ってやると老婆の髪が火に騒いだ。

下腹部に異物感があった。ポケットの布越しに触れた性器は腫れたように熱を持っていた。老婆が三人寄ってきて手をのばす。悦夫は煙草を一本ずつ握らせる。右手はポケットにいれたままだ。老婆たちはおたがいの煙草から火を移しあう。

階段を上るたび痛みが下腹に揉みこまれた。悦夫はかがみ腰で歩いている自分に気づいた。部屋に鍵はかかっていなかった。夏子はプラスチックタイルの床にショートパンツの脚を開いてしゃがんでいた。インドで買った靴の底をフォークでこじ開けようとしていた。傍に立った悦夫に夏子は笑顔を上げた。眼は笑っていない。

悦夫は浴室にいった。便器の前でズボンをおろした。いきなり性器が燃上がった。火は尿道づたいにしみた。力をいれてはゆるめ、少しずつ小便を絞りだした。おおうおおうと声がでた。

「俺、病気にかかったよ」

悦夫は夏子の首筋にむかっていった。髪は無造作にピンでとめてあった。

「怒ってるの？」

夏子は作業をやめて長く息をはいた。悦夫は両掌で顔をこすった。乾いた音がした。

「淋病《りんびょう》だぜ」

「病院にいけばいいんじゃない。我慢できないほどじゃないんでしょう？」

悦夫は夏子の手から靴をとった。ほつれた糸の間に指をいれ、力いっぱい靴底を開いた。焦げ茶色の板が床に落ちて砕ける。悦夫は欠片を摘んで嗅ぐ。白い粉が浮き乾いているがまぎれもなくハシーシだ。夏子は散った破片を四つんばいであつめる。

ベッドに夏子は横すわりになり、ヘンリー・ミラーの本でハシーシ塊をマッチの火にあぶる。夏子の瞳に小さな火が揺れている。悦夫はポケットの中で性器を握る。ワンダラ、ワンダラ、と掌をひろげてきた女の鋭い視線と声が浮かぶ。褐色の胸の石のような冷たさが甦える。

チョコレートの包装紙のアルミ箔《はく》でつくったキセルに、ハシーシの粉末とセブンスターの葉をつめる。夏子が考案したやり方だ。悦夫は最初の一服をもらう。キセルにはチョコレートのにおいが残っている。肺に力をいれすぎて火を吸込み、少し噎せる。一口できれいに灰になる。肺の毛細血管が糸みみずのように動きはじめる気配がある。糸みみずの触手が煙の微細な粒子の一粒一粒をとらえる。身体の隅ずみで淀んでいた血がゆっくりと流れはじめる。

悦夫はハシーシの塊に火をつけようとして何本もマッチ棒を無駄にする。休まず息を吹きかけて火を中にいれる。大量の濃い煙はしだいに静まって一筋の糸になる。高い吊橋から見た透明な渓流を思わせる。煙の中には小さな渦があり、澱《よど》みがあり、跳ねとぶしぶきがある。夏子の顔が寄ってくる。いったん乱れた煙は、統制のとれた兵隊のように夏子の鼻腔に吸われていく。

夏子が眼を開く。眼の中には赤く細い血管がある。透き徹った管の中を血まみれの兵隊たちが行進していく。

夏子が何かいおうとしている。舌が縺《もつ》れて聞きとれない。病気って、キャッチボールみたいね。口の動きから悦夫は勝手に思う。一度にハシーシをとりすぎたのだ。口を開くと、喉の奥からさらさらと砂粒が流れてくる。唇から離れるや砂は霧のように空気に溶けてしまう。捻ったアルミ箔の受け口には石榴《ざくろ》石のような赤黒い濡れたヤニがついている。悦夫は舌先で嘗める。濃密なハシーシだ。もう一服つくろうと思う。セブンスターの紙を破ると乾草がふくらみだす。

夏子は白い壜から指でコールドクリームをだしている。洗面所にあったプラスチックのコップにクリームをなする。コップの壁面をクリームはずり落ちていく。

ハシーシを夏子は親指の爪ほどに割り、空壜に石垣のようにていねいに積む。また指でクリームをいれる。雪に隠された武器を思わせる。いつか兵隊たちが掘りにくるのだ。

悦夫はキセルをくわえて吸い、真赤に起きる火を見る。アルミ箔の外側のヤニが沸騰し泡立っている。

夏子が腕を大きく振る。フィルムをひっぱりだしたのだ。汚水に染まったようにフィルムは一瞬のうちに感光する。夏子はつぎつぎにフィルムの容器を開いていく。ハシーシを詰めこんで蓋をする。ベッドの下に落ちて砂まみれになったフィルムはゼンマイのように丸まっていく。

ハシーシのにおいのするおくびがでる。込上げる嘔吐感を喉に力をいれて押戻そうとする。均衡が崩れていくのがわかる。浴室に走る。口から勢いよく浴室中にとび散る汚物が見える。口をゆすぐと、悦夫は掌の碗で壁や浴槽に水をかける。かたちを崩していない飯粒やうどんが壁を落ちていく。掌でブラシのようにこする。タイルの床に水がたまり、うどんが泳いでいる。胃液で汚れたシャツを脱ぐ。

床の足跡が光る。部屋には煙が充満している。夏子はカメラの背中を開き、ハシーシをチリ紙に包んで詰めている。悦夫はその場に膝をつき、掌の中に胃液を吐く。眼に涙の膜がおりる。ベッドであぐらをかいている夏子の横顔がかすむ。胃液の泡の数だけ悦夫の顔がある。夏子がカメラを持ったまま見ているのがわかる。悦夫は生ぬるい掌の胃液を捨てに立つ。

夏子はベッドに横たわっている。悦夫を見てゆっくりと服を脱ぎはじめる。真鍮盆の上のハシーシはまだ半分も燃えていない。灰は黴《か》びたビスケットのようだ。夏子の裸体は煙に包まれている。磁器のように白い輝きを放っている。浴室から蛇口を閉め忘れたらしい水音が聞こえる。悦夫は眩しい夏子の裸体から眼をそらしている自分に気づく。泳ぎつくようにして悦夫はベッドに寝そべる。夏子がむしゃぶりついてくる。もどかしそうに悦夫のズボンをとる。悦夫は邪魔になる両腕を頭の下に置く。赤いカーペットが敷かれたアパートの夏子との最後の日々が甦ってくる。ここは逃げる場所もないなあと思う。寄せては返す波の音が聞こえる。夏子の動きが激しくなってくる。

セスナの一番機で島を発った。たどり着いた対岸の飛行場はところどころに高射砲陣地があり、迷彩色の戦闘機が配置されていた。細身の戦闘機はいかにも俊敏な猟犬を思わせた。滑走路のコンクリートの継目からアスファルトが溶けだしていた。乱暴な竹箒の掃き目のような筋があるコンクリートを歩いて中型のプロペラ機に乗換えた。

澄み渡っていた空は北上するにつれ濁ってきた。海は見えなくなった。翼が羽撃くように傾いだ。時どきエア・ポケットに落ちて急激に高度が下がった。全身の血が顔に集まり、眼から噴きだすような衝撃があった。悦夫は固く目蓋をおろしつづけた。ふわあっとくるたび、神経が弦のようにはじかれる気がした。夏子が怯えてきつく手を握ってきた。指のまたに冷たい汗がたまっていた。バケツで投げつけられでもしたかのように窓ガラスに水が当たりはじめた。まるで船にでも乗っているみたいだ。夏子は肘掛けに置いた悦夫の腕に額をのせていた。悦夫は髪をそろえてやった。汗ばんだ髪が脱けて指に巻きついた。

ガラスに透き徹ったおびただしい幼虫が纏《まつ》わりついているように見えた。幼虫は波打ちながら同じ方向に動いていく。機体は大きく揺れはじめ、間もなく静かになった。幼虫はいない。雨は垂直に落ちていた。タイペイ国際空港だった。

送迎バスは水煙をあげていった。空港は一面水びたしだ。フォークリフトが水田のトラクターのように用心深く動いていた。ゴム合羽の男たちは浅瀬に打込まれた杭のようだ。腕にすがりついてくる夏子の体重をバスの座席の背もたれにあずけ、悦夫はセーターを着た。チベットのセーターにも雨のにおいが染みていた。

航空会社のカウンター前で人混みにまじった。立っているのがつらくなった。下腹に突きさる痛みに額に脂汗が滲んでくるのがわかった。微熱がでていた。全身で血液が泡立ちはじめる気配があった。一刻も早くソファにでも休息したかった。動かないでいると痛みは消えるのだ。制服の男が無造作に悦夫のパスポートに出国のスタンプを押した。

プラスチックのベンチに落着いた。喉が渇いていたが、小便をするのがつらいのでコーラは我慢した。夏子は免税店にいた。夏子は病気になどかかっていないと平然としている。あと二日か三日ででるだろうなと悦夫は思う。感染してから二日後に夏子と会ったのだ。夏子が手招きしていた。悦夫はゴムゾウリの底をこすりつけこまたで歩く。すぐ窓の外を巨大な尾翼が動いていった。銀色の三角形の中にだけ雨の線が見えた。

「こんなに買っちゃったけどさ、考えてみれば内緒できてるのよね」

夏子は大きなビニール袋を三つ悦夫に預け、ジョニーウォーカー買わなくちゃといい残して走った。悦夫は両手にビニール袋をさげ立ったままでいた。顔の汗をハンカチでぬぐいたかった。出発便が遅れているとくりかえしアナウンスがあった。夏子が新しいビニール袋を二つさげてきた。

「あなた、何も買わないんでしょう。税関くぐる時半分持ってよね」


タラップを降りる時、埃っぽい寒風に下からあおられた。針のような鋭さだった。全身に鳥肌が立つのがわかった。洗いざらしの木綿のインド服は風を受けてせわしくはためき、脚のかたちを浮きだした。ジェットエンジンの噴射音で耳が痺れたように聞こえなくなった。ライトが交叉した。正面の闇を素早く青い炎が走った。炎は急角度でぐんぐん上昇し、暗い空の小さな点になって消えた。バスは動きだしていた。ドアがなく吹きぬけだ。いつの間にか夏子はビニールの黒いコートを着て、離れた席にいた。外を見る夏子の横顔にライトと闇が縞《しま》になってかかった。

若い男が二人リズムをつけて荷物をベルトコンベアーから脇の回転盤にほうった。ゴトゴトと石臼のような音をたてる回転盤を人垣がとりまいた。悦夫はピンクのトランクを摑んで床に置いた。わざと遠い場所に立っているつもりらしい夏子が怒りを含んだ眼で悦夫を見た。

大荷物の女がみやげ物の人形の箱まで開けさせられていた。制帽を目深にかぶった若い税関吏だった。悦夫はステンレス板の張ってある台のすみにザックをのせ、口を開けて待った。税関吏は立って書類に書きこみをしていた。ワゴンを押してきた男が梱包を解かれたままの荷物を運び、女が後にしたがっていく。税関吏は肘を張ってザックをかきまぜる。腕をぬいて顎を横にしゃくる。

人垣の間を悦夫はゆっくりと歩いた。群から拍手が湧いた。男が五人手をあげて扉からでてきた。パパよ、パパよ、と響きのよい女の声がした。扉にむかって背中が揺れていた。両手に荷物をさげ上体を傾かせて夏子が立っていた。ビルの回転扉が動くたび風が吹込んできた。

「楽しかったわ。気持はおさまったし。あのまま結婚するなんてね」

「また行こうな」

「もう会わないわよ。連絡してこないでよね。わたしは田舎の人になるんだから」

「二千円貸してくれねえかなあ。電車賃もねえんだ」

夏子は十ドル紙幣をハンドバッグからだした。折り目が一箇所しかついていない新しい札だ。

「あげるわ。後で送ってこられても困るし。そのかわりタクシーまで荷物運んでよ」

悦夫は肩にザックをかけたビニール袋を全部持って夏子のコートの背中にしたがった。ゴムゾウリの足の爪に泥がたまっているのが見えた。タイミングをはかって回転扉にはいった。夏子は舗道で悦夫を待っていた。ターミナルビルから洩れる明かりに眩しそうに眼を細めた夏子の背後は暗かった。

「そのセーターくれるって約束だったわね。でもいいわ、可哀相だから」

ガラスの箱にはいって夏子は遠ざかっていった。夏子が振向いて手をあげたような気もするがはっきりしない。悦夫は十ドルを両替えするためふたたび回転扉をくぐった。

黄色い電話機にありったけの百円玉と十円玉をほうりこんだ。はじめてまわす番号だ。長いコールだった。見知らぬ家を悦夫の触覚がおずおずとさぐっている。受話器がとられた。悦夫は不意をつかれたように口籠った。

「あっ、もしもし、あの、こちらですね……」

サトエッ、と遠くで声がする。お前のいい人だよお。受話器のむこうに騒ぎの渦がある。足音が聞こえる。うるせえからテレビ消せやと男の声。サトエッ、何してんのお、早くしたらよかんべ。頭に響く高い女の声が受話器にあふれる。

「あんたあ、ねえ、あんたでしょう? 帰ってきたのね。元気でしょう? 今、どこ?」

「羽田」

「よかったあ、帰ってきて。毎晩夢見てたのよ。悪い夢ばかり」

「手紙読んだぜ」

「すぐこっちにきてよね。何時になってもいいからさ。うち中で起きて待ってるわよ。駅に着いたら電話して。何か食べたいものある？　何でもいってみて」

「ないよ。熱いほうじ茶かな」

「赤ちゃんのこと聞かないの？」

「十円玉がねえんだ」

「可愛いんだから。あんたにそっくり……」

里恵の声は千切れるように消えた。里恵の熱気が耳たぶのあたりにこびりついている気がした。すぐ後でコートの襟を立てた男がじっと悦夫をにらんでいた。

四人掛けのボックスに一人だった。乗降客もいない駅をいくつも過ぎた。駅に着くたびドアが開け放たれ空気がいれかわった。赤ん坊の泣き声のような風の軋みが上空で聞こえていた。ひゅうーんと唸るのは電線だ。窓の外を綿入れの半纏《はんてん》を着た男が通っていく。すぐ後から同じ柄の半纏の子供が白い息をはきながら駆けていく。ドアが閉まる。電気機関車が動きだす。ガラスが割れるような音が連結器から伝わり、悦夫の身体を通過して後方に遠のいていく。ホームの裸電球が丸く光をにじませている。光は凍りついたように見える。寒かった。風邪のひきかかりの感じがした。セーターは露を吸ってひんやりしていた。悦夫はザックにしばりつけてある寝袋をひろげた。砂粒がこぼれた。インドの砂だ。

悦夫は寝袋に首まではいり、身体をくの字に曲げて座席に横たわった。レールの継目の振動が頭に響いてきた。梱包され送り返されていくようだ。腐った牛乳のにおい。性器から腐りはじめた。ぬくまるにつれ火が燻《くすぶ》ってくる。腹をへこませて下穿きに手をいれる。熱い汗と膿《うみ》とが指に粘りつく。睡りの潮がゆっくりと満ちてくる。

汚水の中に横たわっているみたいだなあと思う。目蓋の裏側に自分の姿が見えていた。悦夫は煉瓦造りの家がならぶどこか外国の街を歩いている。今越えてきたなだらかな丘陵が背後にある。光はゼリーのようにしだいに濃くなり、息苦しいほどだ。悦夫は休息するため道端にしゃがんだ。人影はない。光はカプセルのように悦夫を包んでいる。ぬくぬくとして気持がいい。まるで卵の内部だなと悦夫は思ってみる。

突きとばされたような衝撃に眼が醒《さ》めた。列車が擦違い、窓ガラスが風圧に鳴っていた。そのまま眼を閉じて列車の轟音に身をまかせていた。明るい卵の中で眠っている自分を思った。睡りに引込まれる手前で踏みとどまり、いい状態を持続させようとする。いったん意識すると、振動のたび睡りからはじきだされていくのがわかる。

速度がゆるくなってくる。悦夫は首を伸ばす。水銀燈に照らされた銀色の球形のガスタンクがまず眼についた。カマボコ型の大きな倉庫がならんでいた。倉庫の屋根の上にある樹の影は空よりも暗い。眼が慣れると、ガスタンクのまわりを飛び交う仄白い虫が見えた。雪だ。けたたましくベルが鳴り、列車は動きだす。車内の明かりを受けた雪は、降る途中から角度をかえて軽く横に吹かれた。悦夫は首が疲れて寝そべった。暗闇から落ちる雪を見上げていた。

窓は曇ってきた。指でぬぐうと、ふくらんで重みを支えきれなくなった水滴が下に流れた。

そこから闇がしみてきた。里恵と同じ訛のあるアナウンスが天井のスピーカーから聞こえた。ごとんごとんとレールの音が混じっていた。悦夫は寝袋からでた。ぬくみが一瞬にして逃げた。この車両には悦夫しかいなかった。

ホームで毛の短い裸の感じの犬が尾を振っていた。着ぶくれた作業衣の若い男が貨物車に郵便袋をほうりこんでいた。男は仕事の手を休めては軍手で犬の喉をなぜた。犬は自分の尾を噛もうとするかのように同じ場所をまわりはじめた。悦夫は後退っていくような錯覚にとらわれた。今降りた列車が動きだしたのだ。オレンジ色の光の満ちた箱の中で酒盛りをしている男たちが悦夫を追越していった。作業衣の男は鋭く指笛を吹きホームを駆けだした。犬が追った。雪だ、雪だ、と男は叫んだ。ゴム長の足音と犬の軽やかな爪音とが混じった。悦夫は屋根の下にはいってから肩の雪を払った。

制服にジャンパーを重ね着した駅員が改札口で悦夫の近づくのを身じろぎもせずに待っていた。切符を渡すと、駅員は柵を閉めて事務室に戻り、食べかけのカップヌードルを啜りはじめた。待合室には火の気がなかった。暗い木のベンチに旧式の外套の男がポケットに両手をいれたまますわっていた。男は倒れかかるような歩き方で近寄ってきた。

「旅館け?」

「いや」

「安くていい部屋があるぜや。これからタクシーとばすんだったら、旅館に泊ったほうが安いべ」

男とやりとりする気力が悦夫にはなかった。悦夫は赤電話を摑んだ。霜が浮いているのかと思ったが土埃だった。外套の男がすぐ後に立っていた。痰《たん》の絡む男の息遣いがしみた。コールが一度しか鳴らないうち受話器がとられた。息せききった声が耳にはいってきた。

「着いたあ。すぐむかえに行くって」

「雪が降ってるぜ」

「え？　雪って？」里恵の声が受話器からはなれた。お父さあん、雪ですって。だいじょうぶ？　回転のあがったエンジンの空ぶかしの音が聞こえる気がした。

「このくらい何ともないって。今出ていったから、あと十分ぐらいで着くわ。雪なんてさ、一年に一度のことよ。あんたが帰ってくるのに、縁起がいいみたい」

悦夫は受話器を置いた。悪寒が肩口から肩口にぬけた。旧式の外套の後姿が駅を出ていく。カーキ色の外套に雪がとまる。じゃらじゃらと鎖の音をたてて車が表の通りを走っていった。悦夫は足踏みをしていた。咳がではじめていた。眼の端ににじんできた涙を袖でぬぐう。充たされぬ飢えを抱えギラギラと灼熱の海や大地を巡っている自分の姿が浮かんでくる。焼けついた土や外気と、内部からあふれてくる力が、皮膚一枚で微妙に均衡している心地よさを悦夫は思う。あんな旅が忘れられるとは思えない。

二つ三つ短くクラクションが鳴った。黒と黄色の横縞の毛糸の帽子をかぶった男が軽自動車のガラスをさげて悦夫の名を呼んでいた。悦夫は荷物を担いで待合室から走りでた。雪が顔に吹きつけた。男が開け放してくれた助手席側のドアに背中を丸めて乗込んだ。膝の前から暖かい空気がでていた。

「里恵の父です」と男はいった。一瞥のうちに全身が嘗めまわされたのがわかった。

「はじめまして」

悦夫がいうのを待って車は動きだした。軽快なエンジンの音だった。一摑みの街は建物の輪郭もわからないほど暗かった。ライトの中にはいると雪は燃上がるように輝いた。虫のようにつぎつぎとんできてはフロントガラスに砕けた。よけようとして悦夫は思わず首をひょいひょいと動かしてしまう。男が長くのばして息を吸込み、だす息を声にした。

「子供は元気ですよ」

それきり言葉がとぎれた。男の運転は慎重だ。走ったぶんだけライトが濡れたアスファルト道をたぐりよせる。カーブで、両手をひろげた警官のコンクリート人形が現れた。家のかたちをした積み藁を黄色く照らしだした。長い鉄橋を渡った。水は見えない。砂利道にはいった。タイヤの下で砂利がごぼごぼと鳴った。ライトがのけぞるように路面に当たったり、空を射ぬいたりした。

大きな藁屋根の家だった。ライトをあびたアルミサッシのガラス戸の中に里恵の顔が仄見えた。悦夫は車を降りた。ゴムゾウリの足指の間に雪がたまった。雪は踵にもとまった。エンジンの音がやむと急に静けさが落ちてきた。里恵の母親らしい小柄な女が内から戸を開いた。父親と悦夫とが敷居をまたぐと、温まった空気を少しでも逃がしたくないというように女は素早く戸を閉めた。里恵は花柄のナイトガウンを着ていた。コールドクリームを塗った顔がてかてかしていた。

「違う人みたい」里恵は上がり框《かまち》に立っていた。蛍光燈が逆光になり表情はわからなかった。

「真黒で、髭がのびて、なんだか恐いみたい。何よ、その服」

「帰ったよ」

悦夫はつくり笑いをした。うまく笑えたかどうかわからなかった。

「上がって」

「雑巾ないかな」

悦夫はザックを投げるように三和土《たたき》に置いた。母親が奥の部屋に走っていく。障子や蛍光燈や壁のカレンダーが一斉に揺れた。雑巾をもみだすらしい水音がした。悦夫は里恵に見られていた。下腹部の痛みをまた思い出した。

「赤ちゃん見る？　名前はヨシオってつけといたわ。いいでしょう？　役所に届けも出しといたわよ」

悦夫は上がり框に腰をかけて足をぬぐった。皮膚の感覚がなくなり、靴でも拭いているみたいだ。父親は炬燵《こたつ》であぐらをかき悦夫を見ていた。父親は外から帰ったばかりのせいか鼻の頭が赤かった。

「お風呂にはいってもらったらよかんべ。挨拶はあとにして」

横から母親が里恵にいった。畳に立って行き場を決めかねていた悦夫を里恵が手招きした。じゃ失礼してと悦夫は口の中でいう。部屋の隅にベビーベッドが置いてあった。天井からピンク色のセルロイドのメリーゴーランドがさがっていた。その傍の壁に老夫婦の古びた顔写真の額。ベッドの下は祝い物の箱が重ねてあった。

「身体をよく洗ってからにして」

悦夫が立止まっていると、里恵の強い声がした。柱時計がベーンベーンとバネを震わせた。数えなかったので時間はわからない。浴室は湿気た黴のにおいがした。脱いだものいれといてねといって里恵はポリバケツを置いた。下穿きは膿で固まっていた。腐った牛乳のにおいだ。悦夫は何杯も湯をかけた。石鹸を塗りつけた。この痛みが心地よい気がしてきた。ゆるゆると汚水に溶けていくような快感があった。頭を洗ってから湯につかった。顳顬《こめかみ》に重い感じがあり、完全に風邪をひいていた。たぶん高熱がでている。

身体中から白く細い湯気が立っていた。床板に丹前が畳んであった。父親の下着に父親の股《もも》引《ひき》だ。インド服やチベットのセーターのはいったポリバケツには水がはってある。セーターは脇にのけておいたはずだ。前屈みでパジャマのズボンに足をいれていると、眩暈《めまい》がきた。動悸《どうき》が喉元までこみあげていた。壁に背中をもたれて眩みが去るのを待った。

「ちょうどいいわ。おっぱいの時間なの」

里恵が赤ん坊を抱いて立っていた。眩みが残っているのを我慢して悦夫は居間に歩いた。桃太郎のオルゴールが聞こえた。ピンク色のメリーゴーランドがざわざわとセルロイドを鳴らして回転していた。悦夫は赤ん坊の顔をのぞいた。眼は開いているがどこを見ているのかわからなかった。おおらおおらと悦夫はいった。舌を鳴らした。里恵が赤ん坊を腕に押しつけてきた。腕に力をいれて構えたが意外に軽かった。赤ん坊は生きて動いていた。口元の涎《よだれ》が光った。ヨシオ、お父ちゃんだよ、お前のお父ちゃんだよ、と叫びながら里恵が胸を開いて乳をだした。

P+D BOOKS ラインアップ

おバカさん　遠藤周作　●純なナポレオンの末裔が珍事を巻き起こす

焰の中　吉行淳之介　●青春＝戦時下だった吉行の半自伝的小説

親鸞 1 叡山の巻　丹羽文雄　●浄土真宗の創始者・親鸞。苦難の生涯を描く

天を突く石像　笹沢左保　●汚職と政治が巡る渾身の社会派ミステリー

浮世に言い忘れたこと　三遊亭圓生　●昭和の名人が語る、落語版「花伝書」

居酒屋兆治　山口 瞳　●高倉健主演作原作、居酒屋に集う人間愛憎劇

小説 葛飾北斎（上）　小島政二郎　●北斎の生涯を描いた時代ロマン小説の傑作

小説 葛飾北斎（下）　小島政二郎　●老境に向かう北斎の葛藤を描く

P+D BOOKS ラインアップ

山中鹿之助	松本清張	●松本清張、幻の作品が初単行本化!
秋夜	水上 勉	●闇に押し込めた過去が露わに…凛烈な私小説
鳳仙花	中上健次	●中上健次が故郷紀州に描く〝母の物語〟
魔界水滸伝 1	栗本 薫	●壮大なスケールで描く超伝奇シリーズ第一弾
魔界水滸伝 2	栗本 薫	●〝先住者〟〝古き者たち〟の戦いに挑む人間界
どくとるマンボウ追想記	北 杜夫	●「どくとるマンボウ」が語る昭和初期の東京
剣ケ崎・白い罌粟	立原正秋	●直木賞受賞作含む、立原正秋の代表的短編集
サド復活	澁澤龍彥	●澁澤龍彥、渾身の処女エッセイ集

P+D BOOKS ラインアップ

マルジナリア	澁澤龍彥	欄外の余白（マルジナリア）鏤刻の小宇宙
少年・牧神の午後	北 杜夫	北杜夫 珠玉の初期作品カップリング集
宿敵 上巻	遠藤周作	加藤清正と小西行長 相容れない同士の死闘
親鸞 2 法難の巻（上）	丹羽文雄	人間として生きるため妻をめとる親鸞
親鸞 3 法難の巻（下）	丹羽文雄	法然との出会い……そして越後への配流
魔界水滸伝 3	栗本 薫	葛城山に突如現れた〝古き者たち〟
白と黒の革命	松本清張	ホメイニ革命直後 緊迫のテヘランを描く
廻廊にて	辻 邦生	女流画家の生涯を通じ〝魂の内奥〟の旅を描く

P+D BOOKS ラインアップ

宿敵 下巻 遠藤周作 ●無益な戦。秀吉に面従腹背で臨む行長

親鸞 4 越後・東国の巻（上） 丹羽文雄 ●雪に閉ざされた越後で結ばれる親鸞と筑前

親鸞 5 越後・東国の巻（下） 丹羽文雄 ●教えを広めるため東国に旅立つ親鸞

魔界水滸伝 4 栗本 薫 ●中東の砂漠で暴れまくる〝古き物たち〟

志ん生一代（上） 結城昌治 ●名人・古今亭志ん生の若き日の彷徨を描く

今も時だ・ブリキの北回帰線 立松和平 ●全共闘運動の記念碑作品「今も時だ」

（お断り）

本書は１９８６年に福武書店より発刊された文庫を底本としております。
あきらかに間違いと思われるものについては訂正いたしましたが、
基本的には底本にしたがっております。
また、底本にある人種・身分・職業・身体等に関する表現で、現在からみれば、
不当、不適切と思われる箇所がありますが、著者に差別的意図のないこと、
時代背景と作品価値とを鑑み、著者が故人でもあるため、原文のままにしております。

立松和平（たてまつ わへい）、本名：横松和夫（よこまつ かずお）
1947年（昭和22年）12月15日―2010年（平成22年）2月8日、享年63。栃木県宇都宮市出身。2007年『道元禅師』で第35回泉鏡花文学賞受賞。代表作に『遠雷』など。

今も時だ・ブリキの北回帰線

2015年9月13日　初版第1刷発行

著者　立松和平
発行人　田中敏隆
発行所　株式会社　小学館
〒101-8001
東京都千代田区一ツ橋2-3-1
電話　編集　03-3230-9355
販売　03-5281-3555
印刷所　中央精版印刷株式会社
製本所　中央精版印刷株式会社
装丁　おおうちおさむ（ナノナノグラフィックス）

ISBN978-4-09-352231-1

P+D BOOKS